ドクトル大二郎

徒然なるままに

肥田大二郎

鳥影社

はじめに

「旅する心」という文章がみつかりました。

　私が 19 歳 10 ヵ月の頃、京都工芸繊維大学の時に書いた文です。

　それから 3 ヵ月して大学を辞めました。サラリーマンになってもとても世の中で通用しないと自覚していました。その後ニコヨン（土木作業員）などをやり始めて予備校に入りました。19 歳の時の方が全然今よりまともだったなぁと思います。

　「竹藪　醫」も出てきました。「藪医者、大二郎」が、たまには竹藪の間から病気も分かることがあるというエッセイです。今から 30 年くらい前の話です。
「ひだ内科 14 年までの症例」が書いてありました。

　最近の色々な思いを、「徒然なるままに」書いてみました。

　最後は伊豆新聞に 20 年くらい前から出している意見広告の一部です。
「若者よ！　資格をとって世界に翔こう‼」と載せています。

　もちろん文章はぐじょぐじょで皆さんの貴重なお時間を割かせてすみません。お許しください。

大二郎　拝

ドクトル大二郎
徒然なるままに

目　次

旅する心

1969 年 9 月 2 日～8 日

山陰への一人旅

人は旅に出ると何を思うだろう‼

彼の愛した女のことだろうか。それともあの頃読んだ小説のことだろうか。

否‼　何も考えないだろう！

キザだが……まずその街は自分の求めてきた街のようであるか……。

たとえそれが自分の予期しない旅先のことであっても……。

突然、思ってもみなかった人たちと出会う……。

旅、またこれは、我が進みゆく長い旅の偉にして大いなる永遠の灯であろう。

私は今、山陰への一人旅を終わろうとしている……京都行きの夜行列車のなかで……。

（窓の外に飛び交う点灯と列車の不気味なそれでいて我が胸に確実に入り込んでくる音に身を任せて）ペンを執っている……。

これは、この一週間余りの旅を確実に胸の中に叩き込んでしまいたいのだから……。

あの想い出に、一時でも長く浸りたいのだから……なのだ。

まず自分が“山陰”に旅することになったのは、そう夕方下宿で五木寛之の『恋歌』を読んでいる時、ふっと旅に出たくなったんだ。

　そしてそれから２時間のうちには、もう京都発の下関行き鈍行に乗っていたんだ。

　"山陰"に決めたのは、そう友だちが「俺たちゃまだ日本海を見たことがないな」と言ったからだ。小さなショルダーバッグに友だちから借りてきた時刻表と夏の間ニコヨンをやって貯めた金が入っていた……それから安い whisky のポケットビンを詰め込んだっけ……それで自分は、3、4日は確実に自由になれると思ったんだ。（私は「旅すること」と言ったら夜の鈍行で安い whisky をなめながら……三文小説を読んでいる……そんな姿こそ……旅という言葉から連想する）

　まず初めに列車から降りたのは鳥取駅だった。

　まだ深夜とも早朝ともつかない４時ごろ……それでも砂丘行きのバスがあったのだ。そう、この時からだ、自分が山陰の舞台に登場したのは。

　このバスに乗り込むや否や……タルのように太った外人（あとでフランス人とわかる）のおばあさんが、（いや、おばあさんと言うより、おじいさんのようだったかなぁ……）なにやら乗客相手に大声でまくしたてている。もちろん彼女は英語で話していたんだ。隣の席のおじさんや女の子たちは分からないのかクスクス笑ったり、YES, NO とかいって茶化している様子（悲しいかな、おばあさん、日本人は good English speaker じゃないのよ、impolite person だと思わないで……）で自分はそこで反射的に彼女のところに近づいた。

　（多分自分の乗るバスかと聞いているんだろうなぁ……彼女も不安でしょうなぁ……）

「Where are you going?」と流ちょうな（？）英語で話しかけると……彼女曰く（実はあまりよく分からなかったが）この bus は sand land に行くのですか？　そうなのさ、yes, この bus さ、this bus と答える。やったぜ baby !!

　それから大変、彼女、自分の体ほどもあるバッグを2つ、それにリュック！　やれ手伝えとか……終始ブーブー言っている。（ああ‼　早く別れようぜ……フランスの田舎のおばあちゃんよ！）

　そう、肝心の砂丘、ああ！　良かった。砂丘っていうよりは、小さな砂漠っていう感じだね。

　風が絶え間なく吹きまくっていたっけ、砂漠の中を人がちりぢりになって歩いてゆく、2本のレールのような足音を残しながら、朝日が海から昇ると思っていたら反対に自分の背の方から昇ってきて、あわをくったっけ……（当然ここは日本海だぜ！）

　とにかく beyond description（言葉では表現できない）という英語があるくらいだ。俺に砂漠の良さを描写させよ！　なんていうのが無理だ。某曰く「日本海は荒々しくて男性的な海である」とのことだけどここだけは、さながら太平洋上の小島に来たような感じで海水も昇って来る太陽の光を吸収してか、サファイアのような美しさだった。（この場合こそ……美しさ……という言葉がぴったりだ）

Sun rise	sun set
Sun rise	sun set
Every season is around	On our heads.
陽はのぼり	陽はしずむ
陽はのぼり	陽はしずむ
季節はめぐる	我が頭上を

　あっ‼　それから鳥取駅で思いがけないハプニングが、あったっけ……。

　松江行きの列車を待っているとあのバスの中で見かけた女の子が、わざわざ追いかけて来たんだ。感心なことに？「あなたを探しに来たんですよ、一緒に行ってもいい？」

　このぐらいのことは言ったのかなぁ……彼女は相当 curious（好奇心旺盛な）passionate（情熱的）！な女性にほかならないね……どうしたって「そりゃ光栄なことで」なんて言って、逃げたけど、今から考えると一緒に行っても……なんて色気が出たりして???

　一路松江に‼　目指す次の目的地……隠岐の島に……。

　されど隠岐の島行きの、しまじ丸、すでに出航してしまったとのこと……次の船はあすの朝６時半……ああ‼　我いかんせん……‼

　一人旅の寂しさかな‼　我雑踏を求めて……駅の待合室に……されど今日の宿も定まらず……不安の念も浮かぶなり、頼みは……ただわが胸のふくらみのみや……。（2、3万のお金があるのみ）（あとで聞いたところによると松江には松江城やへ

レン旧居などの名所があったそうな、ただし我が旅に出る思い
は名所旧跡を訪ねるにあらず……またそれほどにまで自然に固
執するにあらず）……わが旅はかくの如し。

　我は今日も見知らぬ所に向かって旅ゆく……それがたとえ彼
の人々を賞賛さしめた町々であろうと……わが胸の内に何が残
るというのであろうか……それは我が胸の心の中に一つの "安
堵の灯" を見つけたとき……わが旅は終わりを告げるのである。

　しかしその瞬間を見つけることができようか。それを見つけ
出し得る人たちは、幸せというのだろう……自分はその幸せな
部類に入りうる人間であり得ようか……。

　そう、松江駅で 2 時間ほど kill time した後、やけっぱちな
気になってバスに乗りましたよ。Conductor（車掌）に "to
last station" と言ったら 180 円もって行かれたのでこりゃ何処
へ連れて行かれるのかとビックリ……市内一周のバスのつもり
だったから……。

　でも、もう覚悟を決めて乗ったね……90 分余りも……そこ
には中海の北端……美保関という港だった……。幸いにして隠
岐に連絡可能だとよ。

　その夜はその地の旅館に泊まりましたよ。疲れていたので夜
遊びをする暇（？）もありませんでした。次の朝ここから境港
まで行って（中海を船で渡った）待望の隠岐の島行きの "しま
じ丸" に乗る。そこで我が一人旅には極めて幸運なことが起こ
ったのです。

（わたの原　八十島かけて漕ぎ出でぬと　人には告げよ　海人
の釣り舟‼）

　我々学生のオアシスである２等船室で同じく旅をしている仲間をみつけました。

　慶応の法学部４年、関西大の心理学生３年、日大の水産２年、それに立教の女子学生４年、２人……女の子２人が一緒に旅しているだけで、男は自分と同じく一人旅だったのです。

　学生同士ゆえ、すぐ意気投合するのです。自分と慶応生、それと立教の女子大生は一緒になって浦郷という港で降りることになったのです。（隠岐は島前と島後との四つの主な島から成っているのですが、我々は手前の島前で降りたのです）それから民宿も４人で交渉すれば安くなるとのことで一緒にすることになりました。

　（つい一時間前に会った男女がですよ）

　ここで二泊することになったのですが……この日々は全く充実していたように思われます。彼女たちは６時頃起きてあちこちの島見物に出かけます。我々２人は10時頃まで蚊に悩まされながら寝ています……。起きると、「こりゃ、いい天気だわい‼」とか言って泳ぎに出かけます。国賀という海岸美なところです。300mもある海食崖や、あちらこちらがものすごく浸食された岩肌に囲まれた海の中を……swimmerは我々２人です……この自然は、我ら二人だけのものです。

　恐る恐る底を見ると、太陽光線が海中に突き抜けて海底の藻たちに色彩を付け加えているのがみられます。岸壁の上は、テーブルのような台地で牧草が辺り一面に茂っています。そこには、4、5頭の牛も見えます。そのうちに（陽はしずむ）が始まります。（立教の彼女たちも行ってきました）４人は小高い

岩山のうえで地平線（何かの本の題に「丸い地平線」とありましたが、これこそまさに"丸い地平線"といえましょう）に沈みゆく太陽に感嘆します。そして4人で50分も島の中の薄暗くなった山道を通って帰路につきます。

"おばさ〜ん!! 帰ったよ!! two beer !!"とか言ってビールを飲み干します……我ら仲間の楽しい会食が始まります。そしてみんなで色々なtopicに花を咲かせます。（なんでも僕は、彼女たちには4年ぐらいに見えたそうですけど、keioの4年生は2、3年にしか見えなかったそうです。もっとも彼女たちだって4年には見えませんでしたが……ね）

　ここでのmeetingもまた、我の一人舞台です。……

　そのためか後半では三人を相手することになり苦戦の色が濃い……「相手は政治と心理学専攻……ああ!! うかつなことか？」政治について！ 大学のこと！ 旅するこころ！ などtopicは尽きません……。ある時なぞ、彼女たちが島の人からスイカを貰ってきて、それを皆で舌鼓を打ったこともあります。……

　みんな楽しい思い出です。……別れはかくもつらいものでしょうか2日余り一緒に過ごした女の子がむかしからの友だちのように思える……でもautomatically goodbye.

（メリーポピンズの歌とは、勝手が違います）

　彼女たちはその朝バスで違う目的地に向かうのです……4人は早く起きて最後の食事を囲みます……。

　一緒に写真も撮ります……彼女たち……バスに乗る……"さよなら、我が二度と会うことのない人よ……""for good"こ

んな英語こそ適切かも知れない……永遠にさようなら……。

　私と keio ボーイは西郷に向かいます。例の "しまじ丸" に
また乗るのです。そこにはまた新しいことが待ちかまえている
はずです。

　西郷に着いた時小雨が降っていました。幸いにして民宿にも
安く泊まれることになり我々2人は観光バスに乗り込みます。

　シーズンオフとはいえバスは満員です。でも、もう学生の姿
は数えるほどしか見当たりません。バスはあちこちの史跡を回
ります。でもどうしたことでしょうかあまり関心が湧きません。
（思うに、何が日本一で、何の誰々が日本一で、何の誰々が死
んだところとかそんなものに、いちいち付き合っていたら身が
いくつあっても足りないように……。

　また、よくパチパチ写真を撮っている人がありますが、彼ら
は "写真を撮りに来てる" だけのように見えます。私なら……
そんなことにとらわれずに、もっとのんびりとしているんです
が、……私は余りにも旅することに辟易しているんです……こ
んな感傷の時もあるのでしょうか……。私は「観光」でなく旅
をしたいのです。

　民宿の方は……どうだったかと言いますと、そこのおじさん
がすごくファイトのある律儀な人で話すことにも事欠きません
でした。3人で "離島の人の心情" なんか話すんです。案外名
意見も出たんじゃないかな。その夜はこれが2人の最後の晩だ
と町に出かけました。

　この町は人口が3万人近いというから "案外" の町です。2
人は、そのおじさんから教えてもらった酒場で別れを惜しんだ

のです。でもここでもう1つの思い出ができたようです。まだ8時前だったのでお客さんは、ぼくら2人でした。そこで働いている3人の女の子（あえてホステスとは言いません）と話がはずんだのです。

　もちろん酒の入ったところの話です……もっとも初めは私ばかり話をしていてkeioさんが感心したというほどですが……その中の2人が私と同じ牛年（丑年）だったこと！

　じゃ闘牛をやるか！　とか……そうあの子です……どういうわけか暗いところで私と2人で話すことになっちゃって（でも私は慣れたもので話題をすぐ変えましたから……？）髪を高く結い上げた、それでいてどこか気品のある子でした……最後の頃は恋愛論になっちゃって彼女曰く「私はこういう商売だからきっと幸福にはなれないと思うわ」……

　きっと……いつも荒々しい漁船員の相手をしているだけに……ふと寄った学生にでも弱音が出たのではないかと思います。別れるのが辛くなり2人で「星影のワルツ」を聞いていました。

　帰る頃には、客もすぐに入ってきて彼女もついには、そっちへ行きましたが……"別れ"を彼女は聞きました。「明日の9時10分だよ」と私は言いました。（でも……）そこを出るとき彼女は男たちの中に入って肩から抱かれていました。

　その時……私は、彼女はいつもの生活に戻っていったんだと思いました。

　私はそうしてる彼女の肩をつつき……「かえるよ……」と目くばせして立ち去りました。

　私はいつまでもその時の彼女の悲しそうな瞳（いや決して、思いあがっているのではありません、あの瞬間……私はあの女に恋したのかもしれません……）が忘れられません……。

　民宿のおじさん（あとから酒場に入ってきてビール2本……カンパしてくれた）が「あの子は真面目だからきっと見送りに来る」と言ってくれました。Keio boy が色々冷やかしていましたが僕は「彼女だって商売だからいちいち相手にしていたら始まらない……さ」なんて言っていましたけど……私は彼女が来ることを待ち望んでいました。出発のドラが鳴り響きます……多くのテープが流れます。船が岸を離れても彼女は現れませんでした。……

　でもたった一つ思い当たる節があります。見送りに来ていた中で一人の女の子が2つのテープを持って辺りをキョロキョロ見回しています……僕は「きっと彼女が頼まれて見送りに来たのだ」と言いましたが……連れは「お前はナルシストだな」と笑い飛ばしそうでした。

　でも僕は、無理して彼女は、何かの都合があって来れなかったんだと……思いたいのです。こうして私は隠岐を発ち米子に着きました。相棒は大山に行くとかで……米子で昼食ののち別れました。彼は帰りに京都に寄ると言っていましたから……別れは、まだ先のことになりそうです。

　これで、私の旅は終わりを告げます。……でも旅の思い出は深く……隠岐もパンフレットや観光バスの切符の切れ端……そ

んなものをしみじみとながめる……。

　あの思い出は私の胸の内から、なかなか消えそうに思えません……そんな中で……"あの女"……今頃……酒の席で、別れの時のように荒々しい男達に抱かれているのかも知れません……。

　私はまた隠岐を訪れようかとも思いますが……その決心は鈍るのです……この次は……あの女もあの時の女ではない……互いに失望をするのかもしれません……。

　今は……我が旅先で会った人々を私に永遠に思い出させる人々の……長い旅を、手向けることができるのみです……。

　さようなら愛しい人たちよ。

　追記……私はふっと、"この旅"で"安堵の灯"はもしかすると、"あの女"だったのかなぁ……とも思うのです。

竹藪　醫
（たけやぶ　い）

「ひだ内科・泌尿器科」が開業して5年ぐらいの1993年頃、岩田さんという患者さんが「高原だより」という小さなビラを伊豆高原の人に配っていました。これは、その方に医療的な原稿をお願いされた小生「やぶ医者大二郎」が、竹藪の隙間から少し、向こうがみえるように、たまには正しい病気がわかることもあり「竹藪　醫」という名で「今月の健康」と題し、寄稿していたものです。今から30年前くらい前の文章ですが2〜3年続いたのでしょうか。その中の一部を抜粋しました。

はじめに

　いつのことだったか、「高原」に喘息もちの老婦人が住んでいた。夫は東京、大阪と始終出張をして家をあけることが多かった。その留守の時、悲しいかな喘息の大発作が起き、地元のかかりつけのドクターもなく、途方にくれたあげく、東京の息子のところに助けを求めた。それから消防署・警察署と（婦人の自宅は中から鍵がかけられていて入ることができなかった）連絡が行われている頃、彼女は窒息死をしたという悲しい出来事があった。

　反省してみる点は、
　・近所付き合いがなかった。
　・地元にかかりつけの医師がいなかった。
　・よくよく困ったら、消防署へという、ズーズーしさがなかった。
　・部屋の鍵をかけていた。雨戸も……。

　ご存じのように、伊東市の医療体制は遅れています。量も質もです。
　風邪や下痢症などそのうち治ってしまうものは、どこのドクターにかかっても良いのですが、脳卒中や心筋梗塞など発症後直ちに適切な処置をしなければ生死に関わってしまう病気に対

しては、それなりの対処をしなければなりません。

　ですから健康（延命）というものを考えてみた場合たとえば動脈硬化を防ぐような食事をすることや、年に1回健康診断を受けることなど自分の努力によって防げること。

　または、「医師の適切な判断がなかった」「専門外の分野だった」「時間外だった」とか自分には関係なく偶然が決めることもあります。

　以上、大きく2つに分けられるとおもいます。

俺は穀潰し

「俺は穀潰しだから早く死にたい」と言いながら診療所へ来られる老人がおられます。

　大きな病院に勤めていると、肺癌のような、どうこうしても「絶望的な病気」の患者さんがもうものすごく大勢いるわけです。ほとんどは、お年寄りに多いわけですが、なかには高校生の可愛らしい女の子や、20歳前半の日に焼けたサーファーなどが混じっています。

　生命保険会社のテレビのCMで卓球台の上を小さな人間が、無意識のうちに上手にボールに当たらないで歩いてゆくようなのがありましたが、癌にかかる可能性は「ひょっとして何かのはずみ」のようなものです。

　大多数の方は、ほとんど平均寿命まで「病気を意識しないでも」長生きできるのですが、一人二人と、そうでない人も増えてきています。

癌の中には、肺癌のように早期発見しても、手術で全てを摘除したと思われても、あらゆる種類の抗癌剤を使用してもまったく無効で、そのまま知らずにいた方が、精神的にも、肉体的にも経済的にもよっぽどプラスと思われるものから、胃癌のように早く発見できれば、絶対に治る確率の高いものまであります。

　アメリカのNIH（がんセンターみたいなところですが）では1980年頃、癌死亡を2000年までに半数に減らすという大目標を掲げて以降、早期発見法や治療法などに厖大な費用を使ってあれこれ試みてはいますが、現在のところ癌死亡は減るどころかやや増加の傾向にあり、あと残り10年で半減させるのは絶望的であります。

　主たる原因は肺癌の増加で、ここ30〜40年間に3倍ほどにまで肺癌による死亡が増加しております。

　胃癌、子宮癌を早期発見して減らしても肺癌の驚異的な上昇で全体として癌死亡は増え続けています。

　日本でも、だんだんとアメリカのような傾向になってくるわけでして、もうタバコをやめることぐらいしか手段は残されていないのです。受動喫煙者（夫のタバコの煙を吸う妻子、またはこの逆）も、約50%も肺癌になりやすい事実があります。

　吉田兼好が『徒然草』の中で、「人間は、四十位（よそじ）で死ぬのがいい」と書きあらわしてから幾世。

　人類は（日本人は）未曾有の長寿社会へと突入しております。

　60歳まで生きれば、プラス・マイナス・ゼロ。

　60歳以下で死んでしまうと損。60歳以上は生きただけ得。

　ここで、私たちは子孫のために何を残しておくべきか、いわゆる「後世への最大遺物」ということですが、「タバコを吸わないこと」もその中に入れていいのかも知れません。

うつ病（1）
　現代は「うつの時代」が到来しているのでは、と思うことがあります。現代のような厳しい社会状況や過当競争の時代においては、ストレスの増加と相まって、最も人間的な病と考えられる「うつ」が増えるのが当然のことであり、とくに日本人は世界一勤勉な国民で、物事を几帳面に処理する傾向にありますので、なおさらそうではないかと思うのです。

　まあ人間は誰でも「気分の変動」があるもので、嬉しい時、寂しい時とあるわけですが、2～3日だけ気分が落ち込んでいて、しばらくすると元の元気に戻るというような場合には、うつ病とは言わないのです。

　通常は、二週間以上続く時に言うようです。「うつ病」というと精神病とか、もっとひどく取り間違えると、「認知症」というように、素人の人に判断されることあるのですが、本質は「感情の病」なのです。

　ここで簡単に、症状にふれますと「全ての欲望」がなくなっていった状態なのです。
・睡眠障害
・全身倦怠、疲労
・あちこちの疼痛・頭重・食欲不振

とにかくありとあらゆる症状を呈するわけです。

　しかし一般的に医師というのは器質的な疾患が発見されないとそこでホッとして「あなたは大丈夫です。病気ではない」と言ってしまうもので、する患者さんはとそこの医療機関から離れて次から次へと医療機関を転々とすることになるのです。

　そして一般内科を訪れる人の30人に1人は「うつ傾向」にあるのではないか、お年寄りの場合には大体10人に1人の割合と考えられています。

うつ病（2）

　次の質問は軽症うつ病発見の手がかりとして行なう簡易テストです。自分で行なってみてください。

「いいえ」　　0点

「ときどき」　1点

「しばしば」　2点

「つねに」　　3点

1　身体がだるく疲れやすいですか。

2　最近、気が沈んだり、気が重くなることがありますか。

3　朝のうち特に無気力ですか。

4　首すじや、肩がこって仕方ないですか。

5　眠れないで朝早く目覚めることがありますか。

6　食事がすすまず、味がないですか。

7　息がつまって胸苦しくなることがありますか。

8　のどの奥のものがつかえている感じがしますか。

9　自分の人生がつまらなく感じますか。

10　仕事の能率があがらず何をするのもおっくうですか。

11　以前にも現在と似た症状がありましたか。

12　本来は仕事熱心で几帳面ですか。

スコアが

10点まではほとんど問題なし

11〜15点は、境界線であり

16点以上は軽症のうつ病と疑ってよい。

みなさんの点数は、如何でしたか？

次はもう少し詳しく「うつ病」についてお話いたしましょう。

うつ病（3）

盆踊りに、浴衣姿のご老人を多く見かけます。

この時ばかりは背筋もピンとして、別人のようにみえます。

うつ病のお話ですが、もう少し詳しく触れてみますと、「睡眠」「食欲」あるいは「性欲」というような人間の生命現象にかかわる基本的な欲求がすべて障害されるのが、うつの基本的な症状であり、その結果、体は疲れやすくなるのですが、それは単なる過労ではありませんので、体を休めてみても回復しないわけです。そして「睡眠障害」は必発といってよい症状ですが、その特徴は、健康な時にくらべて眠りが浅くなって熟睡できなく、朝3時か4時に目が覚めてしまう「早期覚醒」で、したがって今まではきちんと起きられていた人が、「朝の寝起

き」が悪くなります。さらに消化器症状では非常に顕著になるのが、食べ物がまずくなる。食べているだけで味がしないとか、砂をかむようだと表現をします。「食欲不振」が続きますと2、3ヵ月で数キロもやせてくることも珍しくありません。

仮面うつ病とか軽症うつ病というのは、中年の女性に最も頻度が高く現れてきますので、いわゆる「更年期障害」や「自律神経失調症」とされる人々の中にも、かなり軽症うつ病が混じっている可能性があります。

それから「うつ」になりやすい特徴的な性格というものがあります。

一言でいうと几帳面な性格であり、勤勉、正確、緊密、義務感、責任感が強い。

対人関係では他人本位に考えて、自分を犠牲にしやすい人はどうも「うつ」になりやすいようです。このような性格の方に何かのストレス（個人的・家庭的なこと。勤め先や事業のこと）が加わると、うつ病が結実するのです。

先日、京都へ行って寺院めぐりに加わりました。ある寺でテレビに出て、有名だという和尚の説く教えが、何ヵ条にもわたって貼り出してありました。

「早起きは三文の得」
「正直者は得をする」
「多果少糖〜多行少言」

まあこのような教えでしょうか…。

現代ではこんなことをしていると「うつ病」となります。むしろ「今日できる仕事はなるべく明日に延ばす」というような気持ちで行えば、いいようです。洗濯も明日へ、2〜3日分まとめて掃除もなるべく明日へ……庭の草取りもなるべくなるべく先送りで……。

正しい医師のかかり方

先日、お互いに注意していれば未然に防げたかもしれない不幸な出来事がありました。

それは、某別荘に住む、70歳過ぎの一人暮らしの老婦人のことです。

普段、気管支喘息で、ある医師にかかっておられました。倒れられる前の日も呼吸困難が強く、医師の治療を受けられたが少ししか軽快しない為、医師は入院を勧めたが、固辞されて呼吸困難のまま一夜を明かされました。

翌朝10時半、呼吸困難が強くなり、医師の許へ「夕方5時頃、知人がくるのでその時入院したい」と電話があった。

医師は、電話の様子から喘息がかなりひどいと判断し、救急車に出動を要請したが、住所がわかるのみで具体的な場所がわからず、再度老婦人宅へ電話した。その時は彼女の意識もはっきりしていて、場所をちゃんと聞きだすことができた。そして救急車は現場へ到着できた。ところが何とすべてのドアに鍵がかかっていて家の中に入れず、救急隊員は警察に電話してから、ベランダより無理やりに押し入って見たら、老婦人は息も絶え絶えにベッドの傍にたおれていたそうだ。

私の診療所に来た時は、呼吸停止、脈拍も触れない状態であった。数分後には死亡診断書を書かなくてはと考えた。幸いなことに気管内挿管の治療で心臓は動きはじめ、自発呼吸も出るようになり、某院の集中治療室へ搬送したが、最悪の場合は植物人間となりかねない心配があった。

　私は医師の立場から、率直に「年寄りのひとり暮らしはやめなさい」と言いたいです。
　色々な事情がおありでしょうが、どうしてもと思うのでしたら、皆さんの家の近くに３食付のアパートでも探し仲間同士でお住まいになられたらどうでしょうか。
　いわゆる別荘地で暮らすのは70歳までです。（〈注〉今は80歳ぐらいかなあ）
　このご婦人は１回炊いたご飯は３日間も食べるとおっしゃっていました。
　これでは食欲が落ち、それこそ「うつな気分」となります。
　年寄りの恋愛とか、そんな大それたことを申し上げるのは控えますが、年をとっても異性を上手に意識するように、連れが早く亡くなったら、後釜をひそかに迎えるような人になって欲しいと思います。

　昔の患者さん（75歳）からもこんな電話がありました。
「先生、俺一人で暮らしていると寂しくなってねえ。恥ずかしい話だけど、偶然初恋の人と再会し、お互いに連れに先立たれていたことが判り、その人とつきあい始めているんだけど、先

生、俺……悪いことしているのかねえ……。今度行くから相談
にのってよねえ……」彼は過去に町内会長もやった紳士であり、
妻が亡くなる前は何年もつきっきりで、妻が入院となれば、肩
の上に妻の大きな特製の布団を担いで送るほどの愛妻家でした。

　私は「それがほんとの人間だよ。あなたの考え方に大賛成だ
よ。今度一緒に酒でも飲もうよ」と「人間万歳!!」と心の中で
叫びながら、電話を切りました。

湾岸戦争

　湾岸戦争が始まり、バルト三国の独立運動の弾圧も一段と厳
しさを増し、なんとなく「暗い世界」への突入かとも感じられ
る今日この頃です。宗教は存在しない方が人類はハッピーでは
ないかとふと考えることもあります。では健康はどうか、とい
うことに触れてみます。

　最近の新聞広告を見ると、コレを飲むと、コレを信じると癌
が治るとか、尿を飲むと万病に効くとか、まあ世間の一般常識
から余りにもかけ離れた内容の記事がほとんど毎日掲載されて
います。私がかつて病院の勤務医だった頃にも、末期の癌患者
が大阪にある「ミルク断食療法」へ走ってしまったことがあり
ました。マスコミとは全く恐ろしいものです。

　一方では広告しておいて、一方ではそれに対する被害を記事
にしています。

　一流の新聞社、一流の出版社に掲載されていると安心だと錯
覚を起こしますが、これには十分気をつけなければなりません。

「医師もすべて信頼できるか？」と言えば残念なことにそうでもありません。ただ少なくとも、保険が使えない医療、自由診療が多い医療などは敬遠した方が無難のようです。

病気の多くは「老化」と密接な関係があり、この老化が尿を飲んだり何かを信じたりすることによって予防できるとは、とても考えられません。

毎日何万円もの大金を支払い、挙句の果てに私のもとに「助けてください」と戻ってくるようなこともありました。

私がここで強調したいのは、医療については国民皆保険制度であるため、あまり懐を痛めなくて済むということです。

言い方を変えれば、**保険外のものというのは「インチキに近いもの」**が多いだろうということです。各種の健康食品、ビタミン剤、１本何千円もする滋養強壮剤……等、ほとんど無益です。

ただ何か飲むことによって安心する精神面での作用は、あるかもしれません。

日本のサラリーマン

ある雑誌に「日本のサラリーマンの悲劇」というエッセイがありました。要約してみると、

「日本は一流のサラリーマンと二流のスポーツ選手、三流芸能人、四流政治家から成っている」と言われるぐらい日本のサラリーマンは評価されてきた。

　しかし会社に全てをささげて働いても、見返りは少なく、虚無感に陥り、一方家庭内では権威が失墜した。妻との関係は他人の如くになり子供たちとは距離が遠くなり、夫婦断絶の極端な例としては、夫の下着を箸でつかみ、夫のものと自分のものを別々に洗濯をする。

　定年後、一日中家でウロウロしている夫が「粗大ごみ」とよばれたのが10年前、その後「産業廃棄物」と言われていたが現代は「濡れ落ち葉」と言われ（いくら履き除こうとしても地に張り付いて取り除けない厄介なもの）、最近は「オレも族」というようである。

　することもなく妻が行く所は何処でも「オレも」とついて行きたがるというのである。

　さて本題に入るが、長寿も人間の願望であるが、問題はその中身、精神生活である。

　年老いても精神的に魅力的な人間でありたいという願望も、大切なことと考えたい。

　魅力的とは、美しいとか、可愛いとか外面的にではなく、少なくとも「隣人に笑いを提供できる」「朝にこやかに笑顔を表現できる」というような、世間に、何か貢献できるという意味である。そして、どうも日本人は魅力の発揮できる場を「家庭の中」に求めないようで「外面はよいが……」ということになりかねない。

　数年前のこと……。

　私が病院の勤務医だった時、40歳の肺癌の患者さんが亡く

なられた時、奥さんを病院の玄関まで送ったことがあります。「どんな人だったんですか」私は失礼も顧みず彼女に質問してみました。

彼女は「それは、それは素敵な人だったんですよ。同じ運命であっても、生まれかわったらもう一度、彼と人生をすごしたいですよ」と言って、私にさわやかな笑顔を残して去っていきました。

血圧がどうのこうの、コレステロールがどうこう、の前に我々は、精神的に健康な魅力的な生活を、送るべきだと考えています。

胃ファイバースコープ
医院、病院は「セブンイレブン」や「ローソン」と違います

最近、先輩の診療所へ出向き一患者として胃ファイバースコープをやっていただきました。

40歳になったら、毎年、症状の有無に関わらず「カメラをのもう」と決めていましたのでこれで2度目です。しかし、覚悟をしてきたとは言え小指の太さのスコープが、喉を通過して胃の中に入っていくのですから、"苦しい""息は耐え耐え""ゲップは出る""口の周りは、よだれまみれ"になり心臓の鼓動はドキドキ……。

私の先輩は内科医の鏡のような人で、ゆっくりと、丁寧に、慎重に、という方ですので「もう早く検査終わってくれ‼」と、そればかり祈っておりました。

　無事検査を終了して曰く「胃癌の検査をして、何でもなく、交通事故死でもしたら、損をすることになりますねー」と。

　この時ばかりは素直な患者になりきっていました。

　日本人は、欧米よりも胃癌が多いという特殊性があり、また集団検診にてかなりの効果が上がっているのですが、それでもまだかなりの胃癌死がみられます。

「胃癌」で亡くなる方は、もうほとんど自己不注意と言ってもいいのではないでしょうか。

　もちろん「胃癌」の中には、進行が非常に早く、早期発見も困難なタイプのものもあります。

　しかしその何倍もの多くの癌は、早期発見でほとんど100%近く治療することが可能です。

　私のところで3年間で延べ577名に対して胃ファイバースコープがなされましたが、9名に胃癌が発見されました。その中の早期胃癌は6例であります。胃癌患者さんのほとんどは悪心、嘔吐、心窩部痛などの症状があり、無症状の方はほとんどおりませんでした。また、ほとんど多くの方は60歳以上です。ですから、60歳以上で胃の症状がありましたら胃薬を求める前にまず医師に相談してください。

　そしてできれば始めからバリウムを飲む検査ではなく、胃ファイバースコープをお受けください。（バリウムを飲む検査とファイバースコープは一長一短がありますがやはり直接内部を観察できて、病変部を生検できるファイバースコープのほうが秀でているようです）稀に、医師のもとに受診しているのにその医師の能力不足で適切な診断が行われない例にも遭遇します

が、医院、病院は「セブンイレブン」や「ローソン」と違います。

　同じ品質の同じ価格のあるものは出てきません。

　胃の検査について言えば、胃腸科とか消化器科の看板のある医師を訪ねて胃ファイバースコープを受けてください。

　最後に重ねて申しあげますが胃癌は、早期の状態が平均すると２〜３年間ありますのでこの間に発見する努力をしてください。当科で発見された９名の方はいずれも、現在再発の兆候もなく、皆さんお元気です。

血圧の変動

「お医者さんのところへ行くと血圧が上がってしまう」という患者さんがいます。

　一般的にみて、診察室で測定する血圧は、家庭での血圧より、やや高値で（上が）収縮期血圧で約20ミリ（下が）拡張期血圧で約10ミリ高くなるという報告もあります。

　血圧の日内変動については、48歳男性で１日で89542回血圧を測定し、収縮期血圧（上）が113〜193ミリまで、拡張期血圧（下）が67〜119まで変動したという、びっくりするような報告もあります。

　また、排尿時や排便時には、収縮期血圧が瞬間的に100ミリ以上上がる人もあります。

　日本人１億2000万人の中には、高血圧の人が約2000万人もいるとも言われています。

　これは昭和 55 年（1980）に厚生省が行った調査から推測した数字であって、全国民の血圧を本当に測ったものではありません。これによると 30 歳以上の日本人のうち、ほぼ 4 人に 1 人が高血圧です。しかしすべての人が治療を必要とするのではありません。その中の約 70% は、軽症高血圧で、中には治療をしなくてもよい人が相当います。

　頻度からみますと、日本人に特に多いとは言えず、ほぼ欧米人なみと考えられます。高血圧の合併症や、死因をみますと、日本人と欧米人との間には著しい差があり、日本人では心筋梗塞より脳卒中が多く、欧米人では逆に心筋梗塞のほうが多いのが特徴です。

　近年では食生活の欧米化と共に、脳卒中は減少してきましたが、心筋梗塞が増加しています。

　欧米諸国では、心筋梗塞を予防する食事として日本型の食事が注目されており、肉が少なく魚が多い食事が健康食とされています。

　高血圧が、脳や心臓の病気を引き起こします。血管の壁は本来は弾力性があるのですが、高血圧状態が長く続くと、血管はいつも張り詰めた状態におかれ、次第に厚ぼったくしかも硬くなります。そして一部では脂肪やカルシウムが沈着し、更に硬くなります。

　これが、種々様々の臓器に悪影響を及ぼし、脳出血や脳梗塞、大動脈瘤、腎硬化症、眼底出血などをおこす原因となります。

　血圧の高いネズミを何代にもわたってかけ合わせてゆくと、やがて高血圧を 100% 発症する高血圧自然発症ラットが出来る

ことは確かめられています。

　また、両親が高血圧の場合には、約3人に1人の割合でその子供も高血圧になっています。

　一方、高血圧ではない両親から生まれた子供が高血圧になる確率はずっと少なく15分に1しかありません。

　実際には高血圧の患者さんの親が高血圧である確率は70%程度で、10人中3人は遺伝とは関係なく高血圧となっています。

　その30%の原因は、おそらく塩分（ナトリウム）摂取量に関係する可能性が大で、その他に肥満、タバコ、運動不足などが血圧を上昇させる要因です。

高血圧

　高血圧の中には、腎臓や副腎の病気でなる2次性高血圧と原因不明の（加齢や動脈硬化によると考えられる）本能性高血圧があります。2次性高血圧は一般的には10%以下ということになっていますが、小生の経験では極めて稀で、「褐色細胞腫」という、血圧を上昇させるホルモンを分泌する腫瘍と「アルドステロン症」の2例を発見したことがあるだけです。幸いなことにこのような2次性高血圧症の場合には手術などの方法により、あるいは降圧剤で血圧を正常化できることが多いのです。

　2次性高血圧症を疑うコツは若い割に血圧が高い、降圧剤に反応が鈍い、他の病気（糖尿病など）が存在することがある、などです。

　高血圧は、自覚症状がほとんどありません。よく頭痛や肩こ

りを血圧が高いためと信じている人がいますが、高血圧患者さんの20%〜40%に頭痛が見られたものの血圧の高低には関係ないようです。ですから、血圧が高くても、そのまま見過ごされているケースがかなりあると考えられています。

タバコと成人病

　人間社会の中で「タバコ」というものは、何か特別の位置でも占めているように思える。

　タバコが成人病にとって、確実なる増悪因子であり、かつ重大な発癌物質であることは100%以上、間違いないものである。

　これを、日本国の代理人である日本専売公社（現在は日本たばこ㈱というそうだが）がマスメディアを通じて大々的に「おいしそうに、爽やかそうに」まるでコカ・コーラのように宣伝・販売しているとは、まさに、不思議な国、日本である。

　他の発癌物質の製造・販売にあれほど神経質な国民であるのに。

　しかし、しかし……。

　タバコとはきっぱり縁を切った私でも、時に隣の美女が細い、しなやかな手つきで、タバコから魅力的な煙を吐き出す時、私も１本くらい…という誘惑のあることも事実なのだ。

　昨日、目の前に、患者さんの残していった「ラッキーストライク」というタバコがあった。

　その１本をとって匂いを嗅ぐと、何か遠い昔の青春時代のことがなつかしく憶いだされた。

　よくないもの、尿酸値をあげるもの……色々このように杓子

定規に考えてゆくと、食べるものがなくなってしまう。

　私流に考えれば、仕事が終わって、うまい肴の前で、うまい酒でも呑みながら、最愛なる女性（ひと）（これは一般的に男の場合は絶対に今の女房とは違うのだが……）のことでも思いながら1本のタバコをくゆらす……というのが理想にも思える。

　わが父曰く「口の中に入れるものはなんでも楽しい」「按摩さんの笛だっていい」という。

　タバコ、タバコ…‼　皆さん、タバコをどのように考えておられますか。

浮気の蟲むし

　新潟の名酒「〆張鶴（しめはりつる）」の大吟醸を注文しようと以前住んでいた新潟県村上にある酒屋へ電話をした。

　もう8年程前になるか、その地に、住んで親しくお付き合いをさせていただいた酒屋である。主人はしばらく出張中ですとかいう奥方の歯切れの悪い電話の声に何か尋常でないものを感じたが……。確かめることもできずそのままにしておいた。

　それから2～3週間して主人から電話があった。

「先生、俺、今、家を離れているんだ。もう2～3年にもなるかな。商売も思うように、繁盛してねえ～。だけど、やっぱり馬鹿なんだねえ～。女に手を出して……女房にもばれ……離婚したんだよ。先生でもいれば相談することもできたんだろうがねえ～。今、酒屋を出て、流行らないパブをやっているんだがねえ～」

一番の幸せ

　ここ一ヵ月で、私より若い方の死に２回も関わりました。自分より年下で、かつ子供さんが幼少なのは、とても可哀そうです。「長生き」かどうかは、血圧のせいでも、タバコのためでも、コレステロールのためでもない。

　「遺伝子」による要素が多かれ少なかれあるような気がします。
　ですから、一番幸せなのは「今日も酒が旨い」といって長生きされている方だと思うのです。
　一番不幸なのはほとんど正常なのに「コレステロールが上がった、下がった」と騒いで検査値をコピーしたりグラフにつけたりしてくる方で、人生もったいない使い方をされているなと思うわけです。

　さて本題に入ります。
　医学の進歩とは、目覚ましいものがあります。
　以前より肝臓は「暗黒の大陸」などとも称され、診断の難しい臓器とされてきました。
　その理由は、肺のようにレントゲンで映らないことや、胃・腸のように管腔臓器ではないため、直接内視鏡を入れたりして観察することが出来ないためです。
　しかし最近は「超音波装置」のおかげで肝臓を中心とする分野の診断学は物凄い勢いで進化を遂げました。
　超音波とは、魚群探知機と同じ構造です。ですから空気の入っていない臓器の診断にはもってこいというわけで、肝・腎・

膵・胆・脾はこれでほとんど OK です。

　そしてなんといっても痛くない、害にならない、リアルタイムでできる便利さがあります。

　昔とは診断力が大きく変わってきております。たとえば腎臓癌では必ず血尿が出る。肝臓癌ではまず検査値の異常が出る。などのサインがありました。

　現代では、無症状のうちにこれらの早期癌を発見することができます。感冒だと受診したら早期の肝臓癌を見つけられたとか、貧血だと言われたらごくごく初期の腎癌だとか…。

　ウイルス性肝炎のお話をするつもりが、何か横道にそれてしまいました。

　次回はこのことについてお話いたします。

新春

「明けましておめでとうございます。新春をいかがお過ごしでしょうか」

　高原だよりの「今月の健康」も小生の予想に反して長く続いているため、最近では、編集長より「原稿を何日まで」と命令を受けますと、毎日毎日、とても憂鬱な気分となり、うつ病の患者のように、どうしよう、どうしようと暗くなるのです。

　テーマは難しくなく、平易であり、かつ読者にとって有意義であり、かつ不快に感じられないようなど考え出すともうだめです。

　何か知りたいこと、悩んでいることなどありましたら、編集長殿に御一報ください。

背筋を伸ばして

「あなた、歩くときには、背筋を伸ばし、地面を強く蹴るようにするんですよ……。膝が痛いんですか。ツボがあるんだから、あなたそこに座ってみて……押してあげるから……」

　ゴルフ場で奇妙なご婦人にお会いしました。

　60を1つか2つ過ぎておられるようでしたが。

「毎日、駅まで20分も歩いていくんですけど、ただ20分なんか歩くのが嫌でしょ……。だから今日は何人追い越してゆけるかと励みにして、頑張って歩くんですよ」

　この魅力的なご婦人は「私は80過ぎてもゴルフをするんですから……」と張り切って話しておられました。

　ある種の人は、若い時はともかく、年を重ねるにつれて、だんだんと魅力的になってゆくこともあるようです。

　多くの人が思っているように、年を重ねることと、弱くなる、醜くなることはイコールではないようです。年をとってなおかつ、だんだんと魅力的になってゆく人は、人生の喜怒哀楽を少し誇張してとらえ、それをやや控えめに表現する能力のある人に多いようです。

　大胆にいえば、身体が完全に健康であったとしても、気分的に沈みがちで自分が病気だと思い込んでる人が余りにも多いようです。

　悪いように、悪いように考える誠に損な人たちが大勢います。

　なんのために生きているのかわからない人がいます。

　癌にかかるか、かからないかは、多くの場合、神様のちょっ

とした気まぐれからのようです。

（神様、いるのかなあ〜）

　それは何百万もある遺伝子のちょっとした変異によって、癌遺伝子の仕業によって「癌」になるのです。その癌だって早期ならほとんど100%近く完治を望める胃癌のような場合もあります。

　このような場合は非常にラッキーです。人生ついているわけです。

　個人が悪人であっても善人であっても、神を信じていようがいまいが、100万円の壺を買おうが買うまいが、病気には一切関係ないことです。ただ、親が長生きすると子も長生きする可能性が多分にありますから

「親の長生きは、子にとって希望でもあります」

　と言って子供に親孝行を勧めるのがいいようです。

　話が横道にそれました。改めてここまでの要旨を最確認します。

　　１）病院へはおしゃれをしていきましょう
　　　　化粧も、香りも、うまくつけて
　　２）２軒くらいかかりつけをつくりましょう
　　３）印象的なかかりかたをしましょう
　　４）時には医師を疑いましょう（マズイカナ）
　　５）困った時は親切な消防署に相談しましょう
　　６）保険外の医療はありません
　いつ死んでいくかわかりません。

ポックリゆくかはわかりません。

「ランプの灯が消えないうちに人生を楽しみましょう」

　旨い酒でも呑みながら、青春の日の彼女のことを思い出しながら……。

　年を重ねても、だんだん sexy（魅力的）に見えるように……。

　人生を楽しみましょう。

（完）

　（注）今から 30 年前の小生の雑記です。現在では肺癌などの
　　　　癌治療はもっと進んでいるようです。

令和 5 年 6 月 24 日

ひだ内科・泌尿器科
平成14年頃までのまとめ

（その後、「はぁとふる内科・泌尿器科」へ）

#1　depression（うつ）の Pt（患者）が多いです。

（外来 Pt の 10% ほどはそうか！）

不眠とか食思不振とかあちらこちら痛いとか、問診して
いると大体わかります。

それと狭いところですから家族の様子も知ることがで
きます。Stressor があります。ドグマチールが効くし、
あとは最近ではルボックスとかトレドミンとか使って
います。札幌桑園予備校時代の畏友、柴田好 Dr によ
れば 50% 以上は心身症だと言っておりました。

（自分のことをドグマチール医師とも考えています）

#2　外来の Pt　腹部に触れる時（staff がエコーをすぐ持っ
てきて）10 秒〜 20 秒エコーを行う。

ヤブ医者には Good !! です。（ほとんど無料）

腕前は？　昨日のエコーでは O, B なのに、本日のエ
コーでは renal cell carcinoma（腎癌）なんてこともあ
ります。最近は私の診療所の若いチャーミングなそし
て sexy な sato 技師がエコーを初め見てくれます。

私の老眼 + 網膜剥離の目には大助かりです。

#3　少しでも不安なのはすぐ紹介します。

1 日 5 〜 6 枚書いています。患者さんと共について行きます。

紹介先が遠いので伊豆長岡、鎌倉とか Pt に悪いと考えています。

眼科など市内の Dr は実質的に一人なので仕方なく眼科ツアーとして staff に昼から当院より約 40 分〜 50 分の眼科に Pt を集めて診察してもらいに行かせます。遠くでは新潟にも行きます。

（信楽園 Hsp）

印象に残る症例

#1　胃アニサキス症

自宅で深夜救急をしている頃 AM0:00 〜 6:00　30 歳女性が刺身（シメサバ）を食べた後断続的に胃痛 + アナムネからして胃アニサキス症 !!　その朝、胃カメラ、やはりアニサキス 1 匹 + しかし周囲が、

Edematous（浮腫状）……→生検の結果 GroupV スキルス（胃癌）！→全摘→ 8 年後の現在も健康

#2　その 1　東京の内科医から紹介状

（某医大の非常勤講師の名刺付で）

この度長く私の所で診ていた Pt が地元に帰るからと高血圧 + 慢性胃炎の Diag（診断書）でした。

私の出した返事

右腎 Ca（癌）+C 型肝炎　　（＋ 高血圧、慢性胃炎）

（聖隷沼津 Hsp 餌取和美先生に Ope していただきました）

その2　10 年もかかっていた Dr が急に不機嫌となり怒られたので転院したい。

hypertension（高血圧）の Pt

初診時 10 秒エコー腎 Ca（癌）であった。

（順天堂伊豆長岡 Hsp/Uro に紹介）

#3　　その1　胃角にある Open ulcer（大きな潰瘍）

H2 ブロッカーで小さくしてから biopsy（生検）と考えていた。

その後 Pt2 ヵ月ぐらいで Visit（来診）（その間調子よいので来なかった）

胃カメラでなんと前庭部全周性の Ca に進行していた。

In ope（手術不能）であった。

その反省から必ず手術できない場合まず Biopsy（生検）と考えています。

Pt 一時症状とれ、本人、名物の石舟庵の饅頭を持ってお礼に来ています。

※最近、カメラの支度や後の洗浄が大変でも、業務部長の陽子さんから生検しましょうとよく言われます。（私の数倍働きます）

その 2　急に来た心窩部痛（夜間 QQ センターで）

下壁心筋梗塞 2 例ありました

1 例はお坊さん！　入院する？　明日葬式あるからダメだよ！

あなたの葬式かね～ !!

#4　C 型肝炎で下部食道に

　　逆流性食道炎のような……

　　食道静脈瘤のような……

　　Ca（癌）のような……

　　biopsy（生検）も考えたのですが出血が怖く断念、紹介して Ca でした。

　　（市立伊東市民 Hsp・南湖正男 Dr に Ope していただきました）

#5　最近 Cyst（嚢胞）の出血例　ありました。

　　エコーではモヤモヤにその日より姿を変えます。

　　liver（肝臓）　Cyst

　　thyroid（甲状腺）　Cyst　　出血でした。

#6　慢性的に来た anemia（貧血）で当院の最低レベルは Hb4.3gr/dl でした。いくつまで経験ありますか？（昔の上司の教えで鉄剤によく反応し 2M 後には Hb8.0gr/dl ぐらいになりました）

　　婦人科的な出血でした。

（市立伊東市民 Hsp の西垣正憲 Dr は Hb2.0gr/dl くらいの経験があるとおっしゃっていましたが？）

#7　貧血性 Hb↓ MCV↓は便2日法・胃 check します。
その他たまたまのエコーで腎 Ca が2例ほどあります。
（この他にありますか→教えてくださいませ）
下部消化器、大腸の病気はすべて他医へ紹介（勤務医の時見逃し多くこれでは使い物にならないと知る）
※最近は当院でも大腸ファイバースコープが出来ます。

#8　エコーのためか Ovarium（卵巣）の Cyst, Ca など（ある程度）分かります。（ピコピコと分かるものです）
女性を見たら Pregnancy（妊婦）と思え!!
↓
話を聞くのも大変の時は uterus（子宮）を確認して見ています。
appe（虫垂炎）の痛みはインテバン supp で治るが婦人科の torsion（卵巣捻転）は治らない。
Simple 頭痛はロキソニンで治るが脳腫瘍の頭痛はロキソニンで治らない。（こんなことを考えていますが）
問診も色々と難しい時 uterus まで診ます。

#9　ひどい例がありました。未婚の30歳女性、疲れやすいと Visit
腹部を診ますとカエル腹→エコー→あてるが怖いよう

でした→お腹の中には実質臓器はほとんど全く見えず Ovarian Cyst でした。

#10　深夜救急を自宅でやっている頃

その 1　なんと 5 年以上土曜の深夜 0:00 〜 6:00 staff もなしで一人でやってきました。

今思うととても怖くてやっていられない。

Abd pain（腹痛）の 42 歳の女性、他医でコレステロールが高いと動脈硬化症で薬をもらっていると……

エコーをあてると胎児の背骨が見え、そのうち痛い痛いと胎児が出てきました。

（死産!!　その処置）

その 2　これも深夜救急の頃、酒飲んできた慢性膵炎・腹痛の暴力団員と口論になる。

消防団員も警察官も、状況証拠ないため味方になってくれず。

「この次はみておけ仕返ししてやる!」と捨て台詞を吐き捨てていく。

『ホームアローン』ではないが……考えて胡椒爆弾とパチンコ爆弾、ゴルフボール爆弾か→そろそろ仕事を辞めたくなる。

#11　呼吸困難

その 1　深夜救急の日　（自宅にて）

呼吸困難、口から泡をふく（どこかで見た顔だなあ）
→挿管→救急車に同乗して順天堂伊豆長岡 Hsp へ搬送
するも呼吸なにか変？→結局は Hypoglycemia attack
（低血糖発作）→私が戻るより早く帰ってきた。2年前
の私の診療所でかかっていた DM（糖尿病）の Pt だ
った。

#12　深夜救急車で運ばれて来た患者さん。治療が終わって
　　　もタクシーもない。
　　　仕方なく Pt（患者）は待合室で待つというのだが、自
　　　分が早く休みたいために Pt を送って行く。全然わか
　　　らない道を右だ、左だと送って行くのだが、帰り道が
　　　わからなくて四苦八苦する。
　　　（毎月1～2回は深夜のタクシードライバー）
　　　深夜に働く数少ない業種であります。（最近は楽にな
　　　りました）

#13　asthma（喘息）の老女 K さん、入院を勧めるも帰る。
　　　翌日電話したら→苦しいが会う人がいる→消防署へ
　　　TEL（連れて来てほしいと）→鍵がかけられていて閉
　　　まっている→警察へ→部屋で倒れているのを発見→救
　　　急車で当院へ→診療所前の路上で挿管……そのうち自
　　　発呼吸となる→あちこちへ TEL →引き取ってくれる
　　　か？　呼吸器科はなかったが順天堂伊豆長岡病院循環
　　　器科の助教授高橋医師　mobile CCU（救急車）で迎

えにきてくれた。開業して一番嬉しく感動した。
（CCU が去っていってもずっと頭を下げていた!!　涙が出た）

#14　日曜当直、伊東港でダイバーが沈んでいるのが発見されたとの TEL
死亡診断書でも書けばいいのかとのんびりと構えていた。当院の駐車場についた救急車から、どうも呼吸あるようだ……。
挿管し、やっとの思いで国立伊東温泉 Hsp へ→順天堂伊豆長岡 Hsp へ搬送。日活女優・笹森礼子さんの母 80歳が現役のダイバーで深い海に潜った時の印象を描いた『かわいいお魚さん』という本をいただくがとても海にもぐる気にはなれず。

#15　順天堂伊豆長岡 Hsp・循環器高橋助教授に「往診にきているんですが、脈が30台と変です」と TEL、また mobile CCU で伊東の外れまで来てくださった。テノーミン 25mg とヘルベッサー 3Tab 処方していた Pt だった。両方の薬は脈を遅くして血圧をさげる処方で自分の大失敗!!（穴があったら入りたい!!）

#16　ハチ刺され
昼休みにハチに刺されたと Visit（来診）→強ミノ C でも打っておいてと Ns に告げる。

そのうち患者さん流汗、ショック状態となる。
ボスミン打つ・挿管も暴れできない為→近くのDrへ
TEL　多少おちついていて2人がかりで挿管
翌日Ptは国立Hspより退院してスイカ持って挨拶に
来る。
私はPtの口の中へ突っ込んだ左手に歯形がつきその
後3〜4日も痛かった。
その後このPt、病識はなく2回も同様の症状あり畑の
近くからTELあり。
Nsのよしみさんにボスミン持って行かせ、まず打て
!!
私もあとから走る。（昔は携帯電話なし）

#17　腸閉塞か？
　　　鼠径ヘルニア（カントン）が原因だった。
　　　（手を抜いて診察すると……必ず仕打ちが来る）

#18　頸部リンパ節炎か？
　　　Lung TB 見逃し
　　　（リンパ節は桑の実状に腫れるのがtbcの特徴）
　　　10年余りの疑問の後に聖隷浜松病院北原Drに教えて
　　　いただく

#19　珍しいところでは
　　　thymoma（胸腺腫）

（左眼が垂れるとの訴え）　半年ぐらい前にかかった Pt
の話を聞いていた。

ツツガ虫病（2 例）

伊豆半島にいるのだろうか？聖隷浜松病院の北原 Dr
が見つけていたのを聞いていたのでいつも発見したい
と思っていた。（特有の刺し口）

#20　小児　Abd Pain

総胆管嚢腫（2 例）

子供でも異常はあるもんだ。

（母親を安心させるためにエコーをやっておいたのに）

#21　小児

転校後 appetite loss（食欲不振）

OD（起立性調節障害）か？　エコーで
→ neuroblastoma（神経芽細胞腫　小児癌のひとつ）
であった。

可哀そうに亡くなられた。

（最近は予防接種出来るようになったようだ）

#22　小児

肺の teretoma（奇形腫）ASD など（私の聴診で初め
て）

♯　14年間の主な症例　（癌が多い）

胃 Ca	51 例
十二指腸　Ca	1 例　（※紹介から）
HCC（肝癌）	32 例
小腸 Ca	1 例
	（回盲部から 5 〜 6cm）（※紹介から）
腎 Ca	16 例
副腎 Ca	1 例
胆嚢 Ca	8 例
尿管 Ca	1 例
胆管 Ca	2 例
アジソン病	1 例
食道 Ca	8 例
アルドステロン症	1 例

その他　膀胱 Ca・前立腺 Ca は多数

胆嚢 Ca と胆管 Ca は半分ぐらい紹介してから判明

※ Ca（癌）

　♯　高校の同窓生が聖隷沼津病院に来て偶然に私と会う。私はひだ内科の時に、とても暇で生活できないのでアルバイトに来ていた。全身が真っ黒で（特に唇）疲れやすいとの訴え。これがアジソン病（副腎不全）かと思いすぐに県立総合病院に紹介した。その時のもう一人の同級生の脳外科の医師に「少しホルモンを調べた方が良いのでは、」と言われたが紹介して終わり。

　その後は、毎日プレドニン 25mg を現在も服用しているようです。

　＃　高齢だから Ope はなるべくしないようにと診断ははっきりせず follow しようと開業した当初は、考えていましたが最近は、どうせひどくなれば姑息的な Ope するのだから、根治 Ope を勧めています。

　それと病名はかなりはっきりと Ca と告げています。
（最近はどうかな？）

　＃その他　　見逃し
甲状腺　Ca 4 〜 5 例あります。
　脊髄腫瘍　（再発見見逃し）meningitis ＋心内膜炎（分からず腎結核見逃し）

　最大なる見逃し
　Chest pain あり　ECG・OB　chestx-p 第一弓の少しの腫れのみ
　翌日 pain（和らいだ）とのことで胸部 x-p 撮ることを止めました。
　夕方県立 Hsp から TEL
　解離性大動脈瘤であった。（一時 pain 良くなるらしい）
　その頃、順天堂伊豆長岡 Hsp の循環器 Dr から講義受けるも、専門医でも分からなく試験開胸することがあるとのことでした。
（現在は CT・MR あり大丈夫‼）

最後に

　この少ない知識でよくぞ14年もったものです。（平成14年まで）

　この他に透析の患者さんを60名くらい診ています。

　2時間ほどの昼休みに准看護師の千代ちゃん（現在77歳）と二人で透析の内シャントを作ったり、パイプカット、包茎の手術をしたり大変でした。

　DMの合併症「特にASO」で困っています。

　透析については聖隷沼津Hsp、順天堂伊豆長岡Hsp、社会保険三島Hspで面倒見ていただいています。

　外科は市立伊東市民Hsp、南湖正男Drに多く助けていただいています。

　ただ食道癌は国立がんセンター、井垣Drへ（聖隷の時の知り合い）

　呼吸器科などは、市立伊東市民Hsp、西垣正憲Drへ依頼

　最近もレジオネラ肺炎でしたという症例もありました。

　肝臓は鎌倉大船中央Hsp 岩渕省吾Drへ依頼

（日本一の先生と紹介します。そう思っています。すごく面倒見がよいです）

　循環器は全て順天堂伊豆長岡Hspでお世話になります。

（循環器の先生方に足を向けて寝ることはできません）

（ご丁寧なご返事を書いて下さり、それをもとに知識を得てい

ます）

　　眼科は伊豆大仁、矢田眼科へ依頼

　　整形外科は市立伊東市民 Hsp、渡辺安里 Dr へ。

　　最近の症例検討会へ行くと CT・MRI ばかり、実際のところ単純 x-p ではわからないこともかなりあるようです。相当ショックです。我々は診断学では無力になりつつある!!

　　時々の往診では、年をとって認知力が低下していく患者さんの要求に応えられないのを毎日実感します。いい時だけ診るのは卑怯者!! 老人下宿・地方下宿の親父になろうかとも思いますがそうもいかず。

　　実のところは、毎日毎日受話器を持ちながら、患者さんの入院のお願いで頭を下げているのが現状です。いつもお世話になっております。

　　そんなことから、「父」を看取る入院施設のある、「はぁとふる伊豆高原」を作りました。

以上、平成14年までの症例

定礎

　新しく大きな建物を作ったりすると石に「定礎」という文字が刻まれます。

　伊東の社会福祉センターには、汚職事件でつかまった市長の名前が書いてあります。そんな交通の不便なところにコロナワクチンを打ちに行くのです。

　「はぁとふる伊豆高原」の定礎には、職員の名前が書いてあります。

　もう退職した人もおられますが、当時いたスタッフの名前が全員書いてあります。写真を撮っておこうかなとも思います。人間、皆一緒だっていうことです。ここまで職員全員の名前が書いてある定礎は、見たことないです。これが私の自慢です。

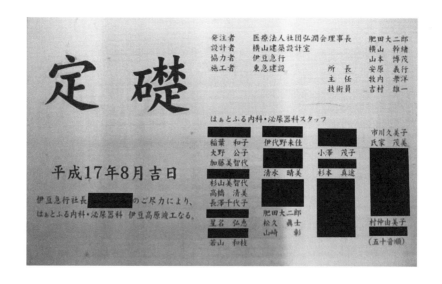

徒然なるままに

百人一首

芥川賞をもらった芸能人の又吉直樹氏が熱海と伊東に来たとある雑誌に載っていました。私はまあそういうことには、あんまり関心のない方ですし、文学というものがどんなものかよくわかりません。まあ、文学というと私がすぐに思いつくのは、百人一首です。その中の三首

もろともに　あはれと思へ　山桜
花よりほかに　知る人もなし　　　　　　　前大僧正行尊

花の色は　うつりにけりな　いたづらに
わが身世にふる　ながめせしまに　　　　　小野小町

瀬をはやみ　岩にせかるる　滝川の
われても末に　逢はむとぞ思ふ　　　　　　崇徳院

もう1000年ぐらい前の鎌倉時代の歌かなと思いますが何か気持ちがこもっていて私の大好きなものです。

はじめの歌は、こんな山の中でひっそり咲いているのは私しか知らない！

こんなに頑張っているよ‼

平成 25 年 4 月 8 日の伊豆新聞の広告の一部

　娘が試験に落ちた時に伊豆新聞の意見広告に使った歌です。
（あなたが頑張って勉強していたのを花が知っているよ）とい
う意味です。

　文学とは何だろう、あるいは、政治とは何だろう、人間って
どういう存在なんだろうと、急に思い始めてしまいました。

　4、5 年前に『137 億年の物語』を読んでそれからです。やっ
ぱりそうだったのか、やはり動物から進化した偉い人はいない。
人間というのは皆同じと考えるようになりました。

　出版社の方が言うのには『137 億年の物語』は正確に言うと、
「137.8 億年」だということですけども。宗教の問題もあります。
キリスト教、イスラム教、仏教、さまざまな宗教がありますけ

ども、私はそのような宗教のことはよくわかりません。宗教を信じて一家が破産や離散なんておかしいです。

「宗教を信じたらお金をもらえるような宗教はないのか」とか変なことを考えます。

　ただ人間は皆同じです。年齢も仕事も関係ない、偉い人はいません。

猛暑・先生！　そんなこと言うと警察に捕まっちゃうよ!!

　毎日暑い日が続いています。

　今日熱中症で男性の患者さんが救急搬送されました。

　いつも来る患者さんで、よく近くのバス停でお見かけする顔見知りの方でした。多分肉体労働をやっているのか昔の私のような格好でした。点滴を勧めると「点滴は嫌だ！」ということだったので、私の持っていた冷たいお茶をさしあげ１本ずつ飲み始め３本目になると良くなってきました。医学的にもお茶を飲んだ方が点滴より good のようです。その方に「この猛暑の中、外で働くのは大変だから適当に、適当に、上手に働いたことにしてうまく休んだら」と申しました。

　そして私も 50 年くらい前に土木作業員をやって、あまり暑くて上半身裸で路上でスコップを使って働いている時、通りがかりの若いご婦人に「おねえちゃんかわいいね〜」なんて、言ってたよ、と話したら、

　「先生ダメ、ダメ!!　今そんなことしたら警察に捕まっちゃう

よ！」

なんてご指導を受けました。変な面白い話でした。

警察に連れていかれた‼　鮎をとっていて

今から63年前、私が小学校4年の時に、狩野川台風（台風
22号）がきました。当時の狩野川（大見川）は、狭かったの
で私はよく鮎とか鰻をとるために川に遊びにいっていました。

親戚のガラス屋で買った「ハヤ取り瓶」がありました。

ガラス製で丸くて真ん中に穴があいていて、その中に餌を
色々入れて鮎とかハヤを捕るのです。鮎は当時も高級品でした。

また鰻を捕る罠を作って5〜6mくらいの川の真横にロープ
を張りそこに10個くらいの餌付きの針を置き、鰻を捕ったこ
とがありました。そしてよくやったのは「箱メガネ」、木箱の
底にガラスをはめ込んだようなもので下を覗いてモリで鮎を突
いたりしていました。そのように鮎を2〜3匹捕った時に漁協
の監視員につかまり八幡にあった警察の駐在所まで連れていか
れましたが、警察官も困ったようですぐに釈放されました。

雨がすごく降る日は、水力発電所に大量の水が流れ込むので
上流の小さなダムから水を放流すると、そこに大きな貯め池が
でき、そこにいっぱい鮎が集まりました。

私はそこで「ゴロ引き」という針10〜15個くらいつけるや
り方で引っ張ると鮎がどんどん取れました。

その時に2〜3時間で150匹釣った記憶があります。

父もそこへ鮎を捕りに来たのですが、堤防の坂道を降りる際

にアキレス腱を切断して、仕事がしばらく出来なくなり大仁近くの整形外科に入院したこともありました。私はその時に初めて親父から「両親がいない」ということを打ち明けられた覚えがあります。

昔の駄菓子屋の話

昔親父が商売をやっていた中伊豆町八幡というところですが、個人商店はほとんど潰れています。生活するのはものすごく大変です。

私が昔住んでいたところの近くに駄菓子屋がありました。その店の駄菓子が入っている箱の間に10円玉がわざと？　置いてありました。

私は、そっと頂こうと思い10円に手を出したら、その親父から「馬鹿野郎！」って怒られました。変な親父でした。色々な人がいるのです。もう65年前の話ですがまだ鮮明に覚えています。

父、肥田一郎

親父からある時、両親の顔を見たことがないと聞かされました。

親父の父親は生まれる前に猟銃の爆発事故で亡くなり、母親は、親父を産んだ後に半年ぐらいで虫垂炎からきた腹膜炎で亡くなったと聞きました。

末っ子の父の名前は亡くなった父親と同じ一郎です。「初めは稲葉一郎」です。

　ある時、親父が自分は天皇家の子孫で「清和天皇の家系」だと言い始めた時がありました。家系図も私に持ってきました。私は、はっきり言うと、そういうことは全然信じないほうです。

　だいたい天皇陛下は子供を作るのが仕事です。天皇家の子孫は少なくても２〜３万人以上いるはずです。

　親戚が家系図を持って来ましたけども、そんなのは信じません。

　ただの人間、ただそれだけです。「人間は大変です。何でも自分で頑張って努力して」生活しなければいけない。

　それから２〜３年ぐらいして自分も遊びで鮎を捕まえることはやめました。

働くのは大変！　父一郎

　修善寺の町中を車でゆっくりゆくと「ああ、ここも50年以上前に親父と野菜を買いに来た。肉を買いに来た」なんていうところが沢山ありました。

　ところがもうお店は大体閉まっておりました。すごく残念です。文化が進む、あるいは時代が進むと個人の商店がなくなるということはとても寂しいことです。

　八幡で親父が昔、「花菱」という食堂兼ホルモン屋兼呑み屋をやっていました。

　入り口を入って行くと、左側に、「ペパーミント」っていうアルコールがいつも置いてあり正面にはレコードのスピーカー

が2つありました。その右の奥には2階に通じる階段があり、お客さんが20人来ると一生懸命階段を何度も上がったり下がったりして20人分の料理、刺身、揚げ物、肉、炒めもの、アルコールなど色々運ぶのです。

修善寺の温泉場の方にまで芸者遊びをして呑んでくる人たちがいて、中伊豆町の八幡の上の上大見方面の、「椎茸と山葵」成金の人たちがタクシーに乗って途中で降りて「花菱」に飲みに来てくれるのです。

花菱に来て「親父、酒を1杯2杯飲ませてくれ」、それから「お前家まで送っていけ！」なんて言われて親父は一生懸命働いておりました。

仕事をする。お金を稼ぐということは、こんなに大変なことか、私は小学校3、4年ぐらいの時から感じておりました。

株はやるな！ 父の遺言

私は、日本経済新聞をよく見ますが、株をやっているわけでもありません。経済の動向を知りたいわけでもありません。

なんとなく政治の右左はあまり関係ない新聞のような感じがしますのでたまに読んでいます。

もう60年以上も前の話ですが親父が、N証券から勧められた色々の株を買わされ、初めは少し利益がありましたが最終的には総額で500万円ぐらい損したことがありました。

父と一緒にN証券の東京本社に行きましたが、田舎の小さな呑み屋の親父が急に相談に行っても全然相手にされませんでした。

　株を売買するということはそのようなことか、証券会社は自分たちの儲けた後始末を一般庶民に押しつけるようなことだと思っていました。

　その当時「大二郎、株はやるなよ！」と言われたので、私は一切株をやったことはありません。
　しかし一回だけ診療所を作るお金を借りていた私は仕方なくＳ銀行の各国の国債に投資することになり、月に何パーセントのお金が戻ってくるなんて話にやはり騙されました。
　最近でもよくそのような話が新聞に載っています。
　はっきり言うと私は、銀行、証券会社、生命保険とかは、あまり信用しません。背広を着て仕事に来る人は、ほとんど信用していません。（私は、相当おかしい人間です）
　私は、２〜３年に１回くらい背広、ネクタイするくらいです。お葬式の時くらいかな。
　ただお金が欲しければその分一生懸命働けばいいと私はいつも思っております。
　今日も日経新聞を見ながらこの国はこれから成長するのかな〜なんて、思っていました。（なんと最近の国民一人当たりのGDPは世界でも25〜35位の下の方にあるということでした）

　私は、食べたい物もありません、土地もなくても良い、小さい賃貸マンションの一室があれば上等、それから仕事があり、患者さんを診察して何か病気を見つけるということがあれば十分です。

経済感覚は、土木作業員をして働いている頃からほとんど進歩していません。

あと10年後には亡くなるのか、それともすぐなのか、それは分かりませんけど私は、自分の人生に一切悔いはないようにしております。

狩野川台風

狩野川台風が来た時、親父の親戚や友人がみんなその川に流されて1200人もの人が亡くなりました。父ちゃんが死ぬと家族みんな、そして子供の将来は駄目になります。柳瀬の近くにあった、「はぎのさん」という小さな銀行を助けに行った眼鏡屋やお菓子屋のお父ちゃんたちは、皆流されてお亡くなりになりました。

呑み屋をやっていた親父だけは助けに行こうと、たまたま誘われなかったので助かったのです。

その方たちとは年に1〜2回よく群馬の伊香保温泉など旅行に行っていた仲間だったようです。どういうわけかラッキーでした。その時に誘われて行っていたら我が家も全滅でした。私も医師にはなっていなかったと思います。

ある日、狩野川に流されてお父さんが亡くなった隣のお菓子屋の息子さんが突然診療所に訪れ、「大ちゃんあの、僕はそろそろ癌で死ぬかもわからないからこれを使って」と言ってパターを頂きました。東京で大きなゴルフショップに勤めていたと聞いていましたが、なにか「ピンアンサー」という高価なパタ

ーのようで30万円くらいするそうです。

　現在も使っており私の腕ではそれがよくわかりませんが意外と入ります。

　パー4で3オン無理！　パー5で5オンくらい！

　その分パターで頑張るぞ！

　ゴルフをやりに川奈の人たち、皆私より年寄りだった、黒ちゃん（黒田さん）、数馬さん（上原さん）、剛さん（長沢さん）とよくサイパンのマリアナリゾートゴルフ場（伊東に住んでいた北見さんが作ったホテル、野球場もありました）に行きました。シンガポールにも行ったことがあります。数馬さん曰く「ラフには金を使え」私はゴルフに行くたびに思い出します。黒ちゃんと数馬さんはお亡くなりになりました。

　現在私は、スコアは老人ティーから女子ティーになったりしてティーショットを打ち（110〜120ぐらい。昔々、90以上打つ人はおバカ者と思っていましたが今は認知症以下です）

　ただゴルフ場の芝の上を歩くのは　楽しいです♡

　スコアは一切関係ありません、出来るだけで幸せです。

モビースイミングスクール親父、肥田一郎

　親父がお袋が亡くなった後の75歳ぐらいの時「大二郎、女性がほしかったらモビースイミングスクールに行きなさい、そこへ行くと女性の体の格好がすぐわかるから、それから5人くらいを連れてファミリーレストランのジョナサンに行きそのう

ち一人か二人をデートに誘えばいいんじゃないか」、そんなことを私に言っておりました。

　その頃の友だちの患者さんは、「なにせ先生のお父さんはベンツだからなあ、ベンツには負けるよ！」なんて話をしておられました。

　ベンツでも一番安いベンツを弟と半分ずつ出して買ってあげました。

　親父が92歳で亡くなる5年ぐらい前から当院のまあ、3階の一番いい個室にいました。私が入院費の個人料金を半分くらい払っていました。

　あるご婦人が来るとどうもカーテンが閉まって。

　翌日親父が、

「大二郎5万円よこせ」

「はいお父さん!!」

「下田東急ホテルに泊まるから部屋を取って」

「OK、はいお父さん」

「タクシーのチケットもあるけど持ってくか？」と言ったら、

「それはいらないよ」、なんて言う変な親子です。

　私は呑み屋の息子だというようなことをよく患者さんと話すのですが、親父は呑み屋とかって言われることが嫌いで「大先生、大先生」と言われても黙って、大先生ヅラをしていつも良い格好でいました。着る物も帽子も色々ありオシャレな親父でした。

　親父は60過ぎで仕事を引退して、その頃から夫婦二人で海外旅行に何と！　55回以上行ったようです。アメリカ、ヨー

ロッパには 10 回以上も、イギリスには母が行けなかった時も一人で行きました。

　南米、ペルーの「マチュピチュ」にも 2 回も行ったことがあるようですが、母は高いところが苦手で気分が悪くなったようです。

　私は、北米にも南米にもイギリスにも韓国、中国にも行ったことがありません。ただヨーロッパのフランス、スペイン、イタリアに 3 〜 4 回くらい行きました。それだけです。ただし私は自分が行くと職員にも行かせたがります。

　今年はコロナ騒ぎが少し落ち着いたので沖縄に 40 人くらいで職員旅行に行きます。数人の若いスタッフにはヨーロッパに行かせます。

父一郎と小生、大二郎の写真　　平成 15 年 9 月 28 日

高齢化社会

　高齢化社会になってきましたが、年齢 75、85、90 歳近くなって足がしびれる足が痛いよ、というような様々な関節の訴えをする人がいます。私はすべてが年齢のせいではないと思いますが、やはりそれは、人間としてあたりまえのことだと考え説明しております。認知症の病名もつけすぎているような気もします。

　私の日常の動作を見ているとすぐに認知症の診断をつけられそうです。

　患者さんが軽い病状を訴えてきても私はよく「これは病気ではないから薬はいらないよ」と言うこともあります。珍しい医者だと思います。

専門医

　現在の医療は、何でも「専門医、専門医」っていうような制度を作ってものすごく大変な世界に入りつつあります。相当おかしいです。医師は何でもどんな患者さんでも「何でも診るのです」。

　人間は 90、100 歳まで生きちゃうこともあるので、年金などで面倒を見てもらうっていうのはもうほとんど不可能な世の中になりそうです。とにかく**一生懸命働く、それが原点です。**

　それが人間です。
　私の診療所は泌尿器科もやっていて、専門医といっても、専

門医制度が出来たばかりの頃で、専門医の資格を取るには何年かかかり、泌尿器科で働いて大学教授のサインかハンコをもらうかなど色々必要なわけです。実際は３年くらいしかやっていないのを５、６年にしてもらうとか、大学病院で働いていた年数を増やすとか、大学の医学部の教授にそのようなことで大きな膨大な利権が生まれるような時代でした。今もあるのかなぁ？

　専門医の免許を更新するためには年に１回か２回遠くの学会場に足を運ばなければいけないのです。たとえば貴重な休日でも東京、札幌、大阪に行くことをしなければいけません。

　私の同級生でも脳外科、呼吸器内科、消化器内科の専門医もおりますけれど（ただ１つ内科の専門医の資格を取ると総合内科の専門医の資格も取れるようなこともあるようです?!）、私の泌尿器科の専門医資格は泌尿器科もなかった新潟の信楽園病院の院長に推薦状を書いてもらって獲得したと思います。

　私が聖隷浜松病院で働いていた時、内科認定医を獲得したいと上司の副院長を通して３万円くらい払って大学教授の推薦状を書いてもらいOKかなと思ったら、泌尿器科専門医資格を持っているから「ダメ」と言われました。

　我々が大学を卒業した昭和52年の時に専門医制度はなかったです。それから４年位して出来たと思います。

　専門医というと、何でも専門、専門になります、私は、「専門医制度は医療を悪くする」というようにも考えております。たとえば消化器の専門医の中でも胃の専門医、食道の専門医、

というようなものもあるようですがロボットが高度な手術をしたり高額で難しく大変なようで70、80、90歳と年を取ったら大学も首になり個人では出来ません。

寸又峡
<ruby>寸又<rt>すまた</rt></ruby>

静岡市の北の山の方にある川根本町の寸又峡に行ってきました。カーブが多く狭い道で、車が1台やっと通れるかどうかという道が多かったです。

あと60メートルから100メートルぐらい行くと、少し道が膨らんでいて、車がすれ違える場所があります。地元の方が、そこで皆さん協力してバックをして道を譲ってくれました。素晴らしいことだと思います。自分が一番、我先にということにならなくて、皆で協力して譲り合い車を運転していますから、「あーこういうところに住んでいる人たちは、幸せだなぁ〜」と思いました。またそれぞれの家の外には、洗濯物が干してあったりして、昔の良き時代を映し出しているような気がして心温まる思いでした 。ここの医者になりたかったなぁ！

最近台風で狭い山道が崩れ、道が通行不能になったとの報道もありました。

診察券

今日テレビを見ていたら診察券の鉄分が電波と反応して出火したというニュースがありました。

当院には診察券は一切ありません。

若者よ！

スマホが君の脳みそを
食べ始めた

資格をとって
世界に翔こう‼

医療法人弘潤会
はぁとふる内科・泌尿器科

「大切な将来が心配です」

　ただ外来の入り口で名前を書けば、レセコンで調べてカルテ番号が分かり、初診の人は問診票に書いてもらいデータを入力し、再診の人は最後に何年何月に来たというデータが出るのでカルテを出してきます。

　ほとんど人力でやっております。電子カルテではないので、当院のシステムは遅れております。ただドクターによっては、電子カルテより紙カルテの方が楽だというようなことを言われることがよくあります（ただしその分事務員が大変なのか？）。

　停電したりするとコンピューターからカルテのデータも出せなくなります。過去のデータなどページを捲ればすぐにわかりますので。紙カルテが一番楽だと思います。

　ある病院などでは、診察のとき患者さんの顔も見ずただ電子

カルテのパソコンしか見ていない、なんてことが多いようです。

　私はコンピューターを使うのが苦手でスマホも SMS しかやりません。後は、音声入力で何か調べたり、Yahoo! ニュースあるいは麻雀ゲームをすることぐらいしかありません、電話もほとんどかかって来ません。

　SMS で総師長から今日の患者さんが何人、今日は何人患者さんが来たとの報告ぐらいでしか使っておりません。

　朝のバス停で見かける中学生、高校生は、ほとんどスマホの画面を見ているようです。

心臓のエコー〈YouTube〉

　臨床検査技師の板倉君に「心エコーのやり方教えてくれないかな、講師料は払うけど」と言ったら、板倉君は「YouTube に出ていますよ」と教えてくれました。

　自宅で YouTube はほとんど使ったことはないのですが、ゴルフ番組だけは見たことがあります。

　ある日帰宅して心エコーの YouTube を見てみました。講師の先生は、看護師さんでした。素晴らしいです。

　とにかく医者は免許を持っているだけの人もいて、看護師、准看護師、検査技師の方が立派ということがすごく多いです。これから YouTube をよく見て色々な勉強をしようと思っています。今までは本を読んで考えながら勉強していましたけど。これからは勉強の仕方が変わってくるのではないかと思います。

　そのYouTubeを教えてくれた板倉君がとても優秀なので「今から医学部に行かないか」と言うと、「今からではとても大変です」「私は今幸せですから一生懸命臨床検査技師の仕事をやってきたいと思っています」と言っていました。私はあと10年くらいしか生きられないので後の人に頼みます。

　私が生きている限り稼いだお金はみんなで分ける。「みんなで、みんなで」それが私の信条です。

　みんな頭の中は一緒です。いいも悪いもありません。

糖尿病・高血圧

　私の仕事は、なるべく患者さんに安心をしてもらうことですので、そのために一生懸命やっています。

　たとえば糖尿病のヘモグロビンA1c（1ヵ月半くらいの血糖値の平均値）は、少し高いけどもまあ年齢の1/10から7.0ぐらいであればいいんじゃないかと（75歳なら7.5から7.0ぐらい）。

　これは弘前大学の同級生で、函館で糖尿病専門のドクターをやっている高橋君から湯ヶ島落合楼村上で同窓会をやっている時に教えてもらいました。（10年位前かなぁ）

　ある患者さんが、「血圧の正常値がどんどん変わるからおかしい」なんて言い私のところに診察に来ました。その方は、かかりつけの方ではなくて、たまたま特定健診に来た患者さんでしたが、私もその通りだと思いました。

昔は、高血圧の正常値が 140mmHg/90mmHg まで、ごく最近は 130mmHg/80mmHg までとか、どんどん正常値が下がって平均値が急に変わるなんてことがあります。

　35 年前に開業した当時講演に来た大学教授に「いつ測るか決めてください」と直訴したことも度々ありました。

　予防する為の特定健診なのかなぁとも思います。
（某医！　もちろん常識だよ〜）

　毎日のように患者さんと外来で「家での血圧が一番大切です。診療所までやっと来て、長く待って**やぶ医者に会うと血圧が 15 〜 20mmHg くらい上がるよ！**」とよく話をしています。安心して頂く為に 24 時間血圧計を勧めることがあります。

（ただし日中は 30 分毎、夜は 1 時間毎だから大変だよと言いながら）

私は何とか患者さんに希望を与えることが医者としての義務だと思います。

　人間はずっと幸せで健康で、一生暮らせるって言うわけじゃないんだと思うのです。私の同級生も 10 人ぐらい亡くなっています。2 人は胃カメラをやらず胃癌、（胃バリウム造影はダメ、分からない）3 人は多分ストレスから来た「うつ」で亡くなっています。残念なことです。

40歳くらいの青年の話（機能性ディスペプシア）

40歳くらいの青年が来院しました。食事をすると胃がすごく痛くなると言うので胃カメラと採血をし、精神的なものかとも思いSDS検査（うつ病を疑って）もしてみました。

しかし検査結果はすべて異常がなく一般的な胃薬を処方しましたがその後も改善がみられず、そこで聖隷浜松病院の部長をやめてから35年以上も経つ上司の小林裕先生が、ふと急に思い浮かんだので恐れ多くも電話して聞いてみることにしました。

小林裕先生は、

「大ちゃんそれは機能性ディスペプシアの可能性があるよ」ということで「アコファイドという薬を使ってみたら」と言われ処方したところ、患者さんは2週間くらいしたら改善したとのことでした。新しい病気のようで10年以上前に概念が出来たようです。

今日はとても良い日だったなんて考えて楽しく生きています。73歳になってもオーベン（上司）はオーベンです！

前立腺癌

糖尿病の人は、毎月、月に1回HbA1C, BS（血糖値）の検査の必要があります。ただし前立腺肥大症という人にも、一応PSA検査をお願いするようにしても良いのかもしれません。

今は、前立腺癌は、5年生存率が98%近いのです。それなのに今は、あらゆる検査をしています。そんなお金をかける必要があるのかなと。医療で患者を金銭的、精神的な不安に導いている気がします。

前立腺癌の話にもどりますが、PSAという前立腺のマーカーは、アメリカやヨーロッパの方では健康診断などの検査においては、なるべく調べない方がいいとの意見もあるようです。

シスプラチン

1981年の聖隷浜松病院時代シスプラチンという薬を一人分頂き使わせていただいたことがあります。昔は「治験」臨床試験というものがあまり厳しくありませんでした。『ドクトル大二郎三浪記』に書いてありましたけども、ブリストルと日本化薬と両方で治験をやっていたみたいですが、ブリストルに聞いたら断られたので日本化薬からシスプラチンを頂きました。

睾丸腫瘍の方が2人入院していました。

その時のことを今でも思うのですが、一人の人はシスプラチンで助かったのですが、もう一人の人はシスプラチンを使えず亡くなってしまいました。私はその人にも使ってみたかったなぁって今でも、ぐずぐず、ずっと30年以上前から「悪かった、悪かった」と思い続けています。

亡くなられた方の気管支切開を耳鼻科の白石先生に教えられ2人で行ったのですが、聖隷浜松病院ではその頃は泌尿器科と耳鼻科と病棟が一緒でした。

白石先生から「馬鹿だな、もう一人ぶんもらえば良かったのに」と言われました。

その亡くなられた方は、浜松の東の方でエレベーターとか作る会社で働いていたように聞いておりました。私は申し訳ない気持ちでいっぱいでした。

　一人の方は助かったのに一人は亡くなってしまいました。そしてその後、私が聖隷浜松病院を辞めた頃、白石先生から私のこの時のことを書いた1981年の論文（**Cis-Platinum が奏効したと思われる睾丸腫瘍の肺転移の1例**）を送ってくれないかと言われ、どうやら白石先生は、「こんな症例があるんだ！」ということを関連の先生方に教えてあげたのではないかなと思います。

　もう白石先生はお亡くなりになられていますが、今さらながら私は、癌を滅ぼすという職業につけばよかったかなーとも思います。

　自分は貧乏だったからお金を稼ぐことだけです。それだけでいっぱいでした。

肥満学会

　医者の勉強会あるいは学会にも色々ありますが、昔は肥満学会なんていうのはありませんでした。"肥満"、昔は、あまり食生活も豊かではありませんでしたので太っている人は少なかったですが、最近は食生活が豊かになり太っている人が多くなりました。ただ診療所では「あなた肥満がありますよ」っていうことは人間対人間の付き合いとしては、いくら医者、患者であってもちょっと言いにくいことです。

　私はまず身長を聞き体重を聞きボディマスインデックス（BMI）を計算します。「25 以上は肥満、35 以上は超肥満」というように話します。

「まだ45ぐらいのがうちの親戚にもいますよ」とあまり悪いようには患者さんには説明しません、ただ私も肥満な時がありました。今から7年ぐらい前は、164cmで82kgぐらいありました。今は身長が縮んで160cmあるかどうか分かりませんが、正に自分で糖質制限食をして今、体重が66.6kgぐらいです。

　最低の時は62kgぐらいまで下がったのですが、だいたい66.6kgです。しかしもう少し下げようと思っています。診察では、「肥満からくる病気はこんなにいっぱいありますよ」と患者さんに説明します。また後から私が医学書から拝借してきた表を見せます。

　やはり肥満です。ということはなるべく人に言いたくないです。患者さんには言いにくいことですが、しっかりと表現しないとまずいと思います。

　当時肥満学会はなかったのですが、今はその肥満学会に一番入りたいと思っています。まあ自分の運命も、あと医者をやっても10年ぐらいだと思いますから、このあたりでまあ良いとしますが、しかし肥満ということは大変なことです。

　胃切除などの手術は保険で出来ますが、胃に中にバルーンなどビニールの袋を入れれば良いのではと考えて菅野先生に聞いてみたら「胃の中に入れるバルーンがあるよ」と教えていただき、調べてみると自費で35万円ぐらいするようです。（菅野先生はいつも本を沢山読んでいるので知識が豊富です）

　これだけは、保険にすればよいのにと思います。

（図） 肥満症 :Obesity Disease

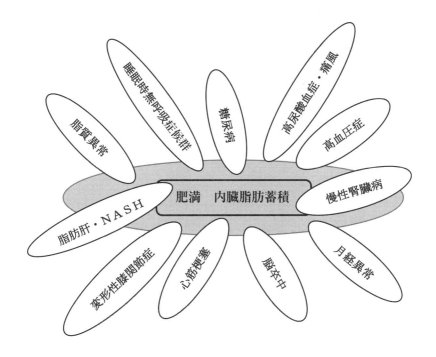

BMI（体格指数） :体重（Kg）÷身長（m）÷身長（m）

BMI　18.5 以上 25 未満が「普通体重」、25 以上が「肥満」

BMI　35 以上が「高度肥満」

泌尿器科の外来

　40 年くらい前、聖隷浜松病院の泌尿器科の外来で、尿道炎の患者さんが来ると、

「どこへ行ったの？」

「ソープランドに行ってきました」

「あーそうなの正月もそういうところはやっているんですか？
では今度一緒にそこに遊びに行こう」
　なんて患者さんと冗談を言って話して変な医者でした。私は
患者さんを励ますためにそういう表現をしなければいけないと、
いつも考えております。

　頻尿の話になりますが、いつからこんな決まりが出来たんで
しょうか、1日10回以上おしっこすると変な診断名がつくこ
とがあります。
　私は、患者さんに「おしっこは、出ればいいんだよ。出ない
ほうが困るよ、あと血尿が出ると困るよ。人間は年取るとだん
だんどっかまずいところ、マイナスが出てくるよ」というよう
なことを患者さんに説明します。

　何でも病気、病気って言うように、病気にしてしまうことが
多すぎます。
　私もおしっこは漏れます、チビリます。

　昔は皮膚科と泌尿器科は同じ医局で**「皮膚泌尿器科」**でした。
多分梅毒などが多かった関係でそうなったと思います。
　聖隷浜松病院の皮膚科の土屋先生をよく思い出します。
　一つは私のフケ症、「それは脂漏性湿疹だからリンデロン
VG軟膏でもつけておけ」
　あと一つは「9の法則」です。
　20代でしたら2×9＝18

　30 代は、3 × 9 = 27……40 代は、4 × 9 = 36

　50 代は、5 × 9 = 45……80 代は、8 × 9 = 72

　結論　20 代は 10 日に 8 回、30 代は 20 日に 7 回……80 代は 70 日に 2 回、セックスをするという話を教えていただきました。

（本当にそうなのかな ???）

「認知症」もそうです。私も相当なものです。

　長野県にゴルフに行き、朝、車のトランクをあけたら、ゴルフバッグが入っていなかった。その時バッグ一式シューズも借りてゴルフをしました。ブカブカ靴でも楽しかったです。

　7、8 年前に頭を打って横浜の病院で硬膜下血腫で手術したあとに長谷川式という認知症の検査をしてもらいました。野菜の名前を 10 個言いなさいという質問がありましたが 9 個しか言えず、大好きなトマトが抜けていたよと医師の娘から言われました。ただ認知症まではゆかないようでした。それから毎日、伊豆新聞の伊東青果市場の記事を見て野菜の名前よく見て覚えるようにしています。

　トマト、パセリ、ナス、ピーマン、カブ、ハクサイ、ゴボウ、レンコン、ハネギ、キャベツ、ナッパ、ニラ……

　私の好きなブロッコリー。

　最近は高齢者の車の免許の更新でも認知症のテストをされることがあるようです。

POCT（皆で話し合って決める）の現状と将来展望

　今日見た日本医師会雑誌に「POCT の現状と将来展望」と

書いてありました。何でも横文字でPOCTってなんだろうなと思っていたので、先生に聞きますと（私の先生、臨床検査技師の板倉君です）POCTというのはPoint Of Care Testingということで、要するに、医師や看護師、臨床検査技師等が検査室ではなく患者さんの傍らでいつでも、どこでも、検査することを指すようです。

　私が少しずつ昔から始めていることが、今そんな用語になっているようです。何回も言うように人間は皆一緒です。頭も良い悪いもない、やるかやらないか、親が医者なら子供に大きなお金を払って医者をさせる、親が大会社の社長で株を持ってると、子供も会社を継いで社長になる、これも「おかしい話」だと思います。

　こんなこと言うと皆に叱られるかもしれませんが、最近は「何々先生」って言うこともちょっとおかしいのかなと感じ始めました。「何々さん、何々君」でもいいんじゃないかなと思い始めました。
　最近議員さんでもそのような話が出ています。「先生、先生、」と言われると自分がすごく偉くなったように勘違いする人がいると言っておられました。

「学費も、大学まで全部、国のお金でやった方がいい」
　あとは自分次第、それから、美辞麗句ばかり並べていて結局資格も何も取れないような変な大学に行ってもしょうがないと

私は思っております（国家資格は色々沢山あるようです）。

　まあ大学は国立大学ぐらいにしといたらいいんじゃないかと思います。なんでもドイツは、そうだと聞いたことがあります。

　まあこれ以上言うと皆さんから批判が多くなるのでこのくらいにしておきます。**"人間は皆一緒です"**

　医療の仕事をしていますが、看護師さん、看護助手、検査技師、レントゲン技師皆一緒です。私が一番頭が悪いかもしれません。ただ１回の国家試験に受かっただけの話、そんなことです。人間に良いも悪いもなく皆一緒です。
「はぁとふる」には素晴らしいことがあります。まさにPOCT です。**みんなで仕事をしていることです。**

スタッフが強皮症を見付けたことがあります。
　最近、65 歳くらいの初診の女性の方で、しゃがむと足が痛い、手足が浮腫む、手を握ると指が痛い、足腰が疲れやすく冷たい、などの訴えがあり半年くらい前に近くのリウマチ専門の診療所にかかっていたようですがそれも正常だということでしたから私は、膠原病などリウマチもあまり考えていなくて、「心身症か下肢動脈硬化症なのかなぁ」と一生懸命考えておりました。
　念のために採血をしようと思ったら、スタッフの臨床検査技師・板倉くんと看護師でテニス好きの（真っ黒けの）中西さんがどうも採血をする時になんとなく肌が硬く血管もよく見えな

かったようでした。

「先生、もしかしたら強皮症かもしれないので、（抗SCL-70抗体を）調べていいですか」と言うのでお願いしました。

　強皮症というと昔勤めていた大きな病院の看護師さんが2人ほど強皮症に罹患していて爪や手がすごく変形していました。

　うちに来院された患者さんを見た時には分かりませんでしたが検査は見事に陽性でした。

　私が直接某リウマチ専門医に電話したり、手紙もお書きしましたが返事はなし、仕方ないです。

　医師も、持ちつ持たれつ勉強しなければと考えています。

　うちの診療所は、医師の指示ばかりでなく「自分たちでも考えてください」と言うようにしてあります。ただしそれは「検査しますということだけ」私（ドクター）に相談してくれれば良いのです。

　その後その患者さんに（元）国立伊東温泉病院に来ていたM先生への紹介状を書きました。なんでもアメリカに留学中に強皮病の「セントロメア抗体」を発見した超大先生です。先生は面白い方で一度だけ呑み屋に行った時、「仕事とセックスは家庭に持ち込まない」と、当時自慢していました。よく伊東マラソンで10kmぐらい走られていました。

　大先生からお返事あり、本当に強皮症だった。

クロイツフェルト・ヤコブ病の話

　クロイツフェルト・ヤコブ病という病気があります。

　狂牛病に感染した牛を食べたことによる感染症と診断されている病気です。

　クロイツフェルト・ヤコブ病はウイルスでもなく細菌でもない、異常なプリオン蛋白が原因であると言われおり異常行動、運動失調、神経症状などを示す病気のようです。

　プリオン蛋白とは、感染性蛋白粒子の略語であり、人では特に人間の脳に大量に存在します。

　菅野先生に教えて頂いたのですが、人食い人種が人の脳みそを食べた時から発症した病気のようです。

　昔々往診に行っていたお爺さんが、急に認知症のような症状を訴えたので脳神経内科専門の女性医師に相談したところパーキンソン病、クロイツフェルト・ヤコブ病とあと1つ忘れましたが、3つくらいの病気の疑いがあるということで、その方を大きな大学病院に紹介したところ「クロイツフェルト・ヤコブ病」の診断がピタリと当たったことがあります。

クレアチニンの数値が35だった青年の話

　腎臓の働きを調べるのにクレアチニン検査というのがありますが、新潟の信楽園病院ではクレアチニンが通常は10くらいの数値になってからはじめて透析を導入していました。

　まぁ症状にもよりますが糖尿病腎症の人は一般的にクレアチニンが5から6くらいでも症状があれば透析を導入しようとい

うような時代でした。

　新潟の信楽園病院の研修医の時に私が見てビックリしたのは何と、なんとクレアチニンが35の青年でした。

（なにか検査の間違いか？　私の記憶違いでは？）

　広島市あたりの一流会社の家具屋で働いていたようですが、なんでも麻雀する時に手が震えて麻雀牌が落ちたというような症状でした。

　彼は透析患者さんで私が信楽園病院を辞めたあとも 10 年以上付き合っていましたけど、その後連絡が取れなくなったので、どうしているのか分からないのですが、ただ人間は病気を数字、数字で判断するのはまずいかなと思っています。

休日当番医

　7月 18 日の月曜日の「海の日」に救急当番の仕事をしました。

　私は、昔から救急当番をするのが大好きです。「はぁとふる内科・泌尿器科」は、透析もやっておりますので、医師会でどなたが予定を作成して下さっているのかよく分かりませんですが、休めるのが日曜日だけの当院の救急当番は日曜日を避けて祝日になることがほとんどです。

　透析をやっているために日曜日以外は働くので感謝しかありません。

　まあ、普通は、救急当番っていうのは一日で 20 ～ 30 人ぐらいの患者さんが来ればいいところですが、その日はなんと一日で「46 人」も来院しました。びっくりしました。まあ次から次に来ましたから（その前は「116 人」も来たこともあります）。

　コロナが流行っている時で、熱がある人はほとんど診察が出来ませんが、できれば外の駐車場に行って見てあげたいなんていう思いはありました。

　その日は、3人の重症患者さんがありました。

　エコーをやると胆石、腹水がありなんか変だなあと市民病院に紹介した方や、咳があり喉が痛いなんていう方が結構来ました。

　熱は3日前にあったのですけど、今は36.8℃なんて言う人もいました。私はまあ、「熱なら37.5℃以上なければいいよ」なんて言う方です。

　救急当番は午前9時から午後5時までなのですが、最後に来た方が一番大変でした。4時47分（終わる13分前）に外来に来た患者さんです。

　一週間前から血尿が出るという症状でした。あと診療が終わる時間まで数分しかありません。自分でエコー（超音波検査）をやると両側の水腎症があり膀胱のあたりに腫瘍がありました。

　私は、症状が一週間前からということだったので、まあ、ある程度検査をしたら明日は平日なので、いつものかかりつけの病院に行けばいいじゃないかなと思いました。でもいつも私の傍らに付いてくれている看護助手の陽子さん（業務部長）が私に「先生、なんか患者さんがふらふらしているので採血をしてください」と言いましたので採血をすると腎機能が落ちていて貧血はそんなになかったのですが、血糖値が高くて700以上と

いうことでした。びっくりしましたが、「まあ明日でもいいじゃないのかな」と私は思っていました。

　するとスタッフに「先生、うちにも病棟があるから入院させましょうか?」と言われました。しかし医師が一人しかいないので大変だから何とかならないかと考えていましたら、お腹の大きい妊娠９ヵ月の「菅原看護師」さんが「市民病院がいいじゃないですか」と言いました。ただ私はその日にもう救急車を２台も頼んでいるので、またお願いするのが申し訳なく思っていました。

　しかし救急隊員は我々よりも数倍立派な人が多いです。結局、市民病院の先生にお電話をしてお願いして、また救急車に来て頂き市民病院に入院させてもらうことにしました。

　お腹が大きくなっても一生懸命働いている菅原さんも偉いです。彼女は昔医師になりたかったと聞いたことがあります。みんな持ちつ持たれつ、医者が偉いっていうことは一切ありません。

　この日の救急当番は、スタッフの方が少なくて普通は臨床検査技師とかレントゲン技師が入るのですけども、全て一人でお腹の大きい妊娠中の看護師の菅原さんが色々やってくださり感謝しかありません。

　その後、救急当番で働いた後に自宅に戻り、夜なんとなく調子が悪くて、次の日の朝ごはんも食べられないまま診療所に行って働いていました。

　スタッフにコロナ抗原キットを持って来てもらって検査をしましたが、コロナは陰性でした。

　私はコロナの薬は持っていませんが、ビブラマイシン、セレスタミン、ロキソニンなどの薬が自宅にありましたので飲んだら熱はすぐに下がりました。SpO2 も 96% と昔と同じぐらいでした（昔タバコを 10 年くらい吸っていたので SpO2 も少し低く気管支拡張症もあります）。

　その日は、自分の外来の仕事があったのですけども、計画されていた勤務を初めて休みました。代わりにご高齢のご婦人で昔からお世話になっている松島先生（わたしより 10 歳くらい上かな）にお願いして半日来てもらい助けていただきました。松島先生は、伊豆ゴルフで順天堂の先生方とゴルフした時にパー 3（池があるショートホール）で 11 回たたいたというのがご自慢でした ??

　その日、一日お休みさせていただき、すぐに回復いたしました。

　うちは女性の総務部長、管理部長の星名が医師の休みを決めています。私はみんなに言われるように働くだけです。

　最近、伊豆高原の透析患者さんの K さんに、月、水、金にも来てほしいとお願いされ、「先生が理事長なんだから、自分で決めないのはおかしいです」と言われたので増やしてもらいました。

　アルバイトの先生が優先で私の勤務はその後に決まるようです。

インフルエンザ予防接種

　私の診療所でインフルエンザ予防接種をしていた時です。

　一番多い時で、土曜日の午後に、川奈の診療所と高原の診療所合わせて777人の患者さんの接種をしたことがありました。接種したい人の車で国道135号線も渋滞になったほどでした。

　インフルエンザワクチンの原価が1000円とすると、2300円くらいで接種しました。よその診療所より少し安いかな、診察料はなし、はぁとふるに来ると「安いよ！」っていうような宣伝だと思っておりました。

　呑み屋の息子の発想です。

　患者さんには安くして、スタッフはそのぶん仕事が忙しくなるのでインフルエンザ手当と言って、一人あたりに5万円ぐらい払ったような覚えがあります。そのインフルエンザ予防接種でのことで当院を辞めていった人もおります。

　インフルエンザの予防接種のスケジュールを、「みんなに任せるから適当に決めてくれ」と言ったところ、朝早く診療所に来たらカレンダーに○印とか△印とか、付いているわけです。

　どういうことかスタッフに聞きますと「たとえば月曜日に予約に来た人は、水曜日、木曜日に接種するように決めてあったのです」ということでした。

　700人余りの予約をそれでは事務が大変になり、患者さんもお年寄りが多いので、こんがらがっちゃう人が多いと思います。複雑な規則を作るのはcrazy‼　インフルエンザワクチン接種は5〜6秒ぐらいで終わります！　予約は必要ありません。

スタッフが私の男性ホルモンを勝手に検査

　私は半年に一回くらい定期的に採血をして、肝臓、糖尿病も
あるから HbA1c も 1 ヵ月毎に調べています。その検査の中に
（テストステロン）という男性ホルモンの検査が勝手に追加さ
れていたので驚きました。

　それほど「スタッフに慕われている」と誇りに思ったのです
が残念なことに違ったのです。医師の指示なく勝手に面白半分
に、私の採血の項目を追加していたのです。

　その看護師が九州に住んでいる「親が年をとり具合が悪くな
ったので、介護する為に退職したい」と申し出てきたので、そ
れは大変だと思い、「スタッフに車で九州までお母様をお迎え
に行かせます。はぁとふるの、診療所の病棟に入院させればい
いよ、自己負担は、ほとんどないよ」と言いましたが。

　しかしそれも全部嘘でした。

　そのスタッフはそれから 1 〜 2 週間後に当院を辞めて、ある
開業する予定の当院医師だった人のもとに去っていきました。

　そこもそれから 1 年くらいして辞めたようです。

　変な話です。スタッフが 80 人ぐらいいると、色々な人がい
ます。

　**こちらが善意でやっていることも、なんだかそれを悪いよう
にとらえて不思議なことをする人がいます。しかし私の目標は、
いつも一生懸命働いてスタッフにより多くの給料を払うという
ことです。**

自分の誇り

すごい病気を見つけて良かったと思っているのですけど、患者さんからすると全然そんなことはよく分からない人もいますし、それと反対に全然大したことがない患者さんであっても毎年「すいません、すいません」と、お中元、お歳暮を持ってくる人もいます。

まあ、それははっきり言うとどちらでもいいのですけども医者としてあるいは、診療所のスタッフとすると、何も訴えがないのにすごい病気を偶然に見つけたっていうのは、「自分の誇り」になります。

これはお金とかそういうこととは関係なくて、「仕事をやっていて良かったなぁ」ということです。我々の仕事はいい仕事です。「仕事をすることが私のたった一つの喜びです」

県立がんセンター医師からのご返事

以前、偶然に来た患者さんで、何も訴えがなかったのですが、エコーをしてみたら肝臓の腫瘍が見つかりました。市民病院の放射線科に検査をお願いしたら大腸癌がみつかり、県立がんセンターに紹介しました。その後、がんセンターで手術をして完治したそうです。

その後は当院に通院しながら元気でやっていたようでしたが、数年経って今度は、前立腺癌が見つかりました。当院での治療もうまくいっていたのですが、本人から、診察中に電話がかかってきて、電話越しには子犬が大声で「ワンワン」泣いていて……「がんセンターに紹介してほしいから紹介状を書いてく

れ！」と言いがんセンターに転院して行かれました。 色々な
方がいるものです。

紹介状のお返事

　拝啓　　先生には益々ご清祥のこととお喜び申しあげます。
　○○様　　（生年月日：○○年○月○日）をご紹介いただき
まして誠にありがとうございます。診察の結果をご報告申しあ
げます。

　#1 前立腺癌（PSA8.4）

　いつも大変お世話になっています。本日上記診断に対する診
療目的で当院を初診となりました。患者さん本人から（生検も
なく）前立腺癌とはっきり診断されていないのに、ホルモン治
療を開始され、更年期障害、勃起不全で困っているとの仰せで
す。確かにPSAも8で、生検の施行なく癌と仮診断しホルモ
ン療法を開始したことは、**保険診療上も**問題があるかと思いま
す。通常は**前立腺生検**を行い前立腺癌と診断されればCT、骨
シンチでステージングを行い前立腺癌の治療（手術、放射線、
ホルモン治療法、監視治療法）を検討することが適切と思いま
す。一旦ホルモン治療は中止させていただき、PSAの推移を
見て生検について相談してまいります。肥大症の治療は御貴院
での処方を希望されています。ご紹介頂き誠にありがとうござ
いました。　　　　　　　　　　　　　　　　　　　　　敬具

私は患者さんにこれ以上ストレスを増やさないように、市民病院の放射線科の医師に前立腺のMRIをお願いして診断してもらいそれからPSA÷前立腺の大きさとか考えて診断をしています。とにかく大きな病院に行くと、交通費、時間、精神的なストレスが大変です。

　とにかく前立腺癌は5年生存率が98パーセントなのであまり心配しないようにと話しています。

　（もちろんそれ以外のもありますが安心させることが医師の仕事だと思っています）

　その後私はガックリして自分で保険支払い基金に電話しました。すると相手の方は、医師が癌と診断して治療するなら、それでいいですというご返事でした。（この返事も本当かな？）

　私は40年くらい前は、前立腺生検のやり方を一人で考えて、左指を肛門から入れて右手で会陰部より針を刺して生検をしていました。なかなかむずかしいです。5〜6年前に函館で開業している先輩にお会いした時、「おれは、大きな病院で失敗した前立腺生検を一発で成功した」と自慢しておられました。

　そこで私は、先輩それはたまたま当たっただけだよ、と話しました。

医療業界はクレームが多くて大変

　今日8時半からの診療で9時6分にインフルエンザのワクチン接種でご夫婦をお呼びしたところが、男性が急に怒鳴り始め

ました。「俺は一番で早くから来ているのに！　なんでこんな遅くなるんだ！」

（多分、開戸する8時に入ってきたかも！）

　私的には8時半からの診察で9時6分ではそんなに遅いと思いません。

　糖尿病や高血圧など、色々な慢性疾患の患者さんがいて先に糖尿病の検査、ヘモグロビンA1c などを検査しなければいけないような人もいます。

　診察患者さんの方が一般的に優先ですので多少前後しますが、その方は急に怒鳴り怒り出しました。私もしばらく辛抱していましたが。最後には、「もういいです！　帰ってください！もう、当院に来ないでください」と言いました。

　助手の総務部外来フロア長の由美子さんも「訴えるなら訴えてください！」と言いました。

　その方は昔どこかの大きな会社の役員だったようですが、これがきっかけで、市役所に電話したり、医師会に電話したり、私にも電話してきて、怒りまくりました。すごく変わった人がいます。自分の感情を抑えられないのでしょうか。

　以前宅急便やレストランの支配人をやっていた職員に聞くと宅急便やレストランよりも、診療所（や病院）にはお金持ちの方から昔会社で偉かった方、生活保護を受けている方など色々な方が来られるので「我々医療業界の方が、クレームが多く大変だ」と言っておられました。

　そのようですから"まあもう仕事辞めたいなぁ"と、思う時も意外と多くあります。

表現方法が全てです

　静岡の伊勢丹デパートに、崎陽軒のシュウマイを買いに行きました。10時ちょっと前に着いてオープンまでに5分か10分ぐらいありましたのでドアの前で待っていました。

　10時少し前に背広を着たスタッフが入り口で鍵を開け、挨拶をして10時ぴったりにデパートのドアが開きました。

　以前に別のデパートでは、10時オープンのところは10時にならないとエレベーターも開かないというようなこともあってなかなか大変でした。

　ネクタイをしている人が「おはようございます」「ありがとうございます」いちいち頭を下げてくれますが、これが本当のサービスなのか？

　レストランでスタッフが料理を持って来る時もそうですけども、「失礼します」と言いますが。これが話し方のルールなのか「失礼じゃありません、ウェルカム、ウェルカム」って私はよく言います。何か日本の言葉が変な風になっておかしいです。

　当院スタッフでも私に会う度に「お疲れ様です」「お疲れ様です」と言って、私がトイレから出て来ても「お疲れ様です」と言う職員もいます。私は「疲れていませんスッキリしたよ」と言い返します。

「それが話し方教室とかで決めているような規則」なのかなと、困っております。

　私のところの診療所に受付で入社したばかりの若い女性が、

「先生、決まりを作ってください。法則を作ってください」

　と私は何のことかよく分かりません、たぶん初めての人には「おはようございます。こんにちは」から始めるのでしょうか？　まあ、私は一切そんなことを考えたことがありません。相手に合ったような挨拶をするのが基本だと思います。

　要するに私は、いちいち「せりふ」を言うような挨拶なんて考えません。自分の話す相手がどんな挨拶をしてほしいかということを一番先に考えます。

　まあ、私は、外来の診察をしたり、あるいはインフルエンザとかコロナの予防接種をしておりますが、診察の短い時間の中で、たとえば「昭和22年生まれの人が来たら、私よりも二つ上ですね。団塊の世代ですね」とか、中伊豆の（元）上大見の方から来た方には「私の同級生の塩谷さんの近くですか？」って聞いたりします。するとどうもそこじゃなくて違うところで「ちょっと離れたところです」と言っていました。

　そしてまた別の方には、中伊豆町の菅引（すげひき）から来たという方に、「もしかしたら私の親戚かもしれないよ」、なんていう話もしています。

　時には私の著書『ドクトル大二郎三浪記』を差し上げて「実は、私は呑み屋の息子で「花菱」という呑み屋を両親がやっていました」なんて患者さんと色々話すこともあります。

なぜ医者になったか

　私はどうして医者になろうと思ったのかお話しします。私の親父が中伊豆の八幡（はつま）というところで、「花菱」というホルモン

屋兼呑み屋をやっていました。そこから 50m ぐらい行くと佐藤医院という診療所がありました。

　佐藤医院っていうのは、小さな診療所でしたが、そのお医者さんはとても裕福な生活をしておりました。オペルというドイツの外車に乗って毎週水曜日に伊豆長岡の方に三味線も習いに行っているというお話でした。その三味線の習い事にもちょっと疑問がありますけども、まあ医者っていうのはいい仕事だなあと思いました。お金にもなって名誉もあるから医者を目指そうなんていうことを考えました。花菱の仕事よりはよっぽどいい、なにせお父ちゃんはいつもお金のことばっかり心配しておりましたから。

　当時忘年会の頃、父親の目標は 1 ヵ月 80 万円売り上げることでした。利益は半分くらいあったのか？

　それと沼津東高校の 1 年生の時にシュバイツァー博士とアフリカの西部地方で一緒に仕事をしたという先生の講演をお聞きしました。その講演を聞いて医者の仕事はすごいなぁと思い、私はその時、医者を目指そうと決めました。

　今は医療について色々問題があります。

　こんなこと言うと、みんなから相手にされなくなっちゃうかもしれませんけど。

　静岡県立静岡がんセンターが出来た時に、その時のがんセンター院長が伊東市医師会にお話ししに来ました。

「がんセンターから来ました。癌の治療は、これほど進んでいます。癌を上手に治す、緩和ケアもありますのでよろしくお願いします」などとの話でしたが私はどういうわけか、その時に院長の話が終わった後に、「はい！」と言って質問をしました。「がんセンターといっても、癌の病気が全部治っちゃうっていうわけじゃないから、あんまり宣伝ばっかりしないでください」。

「病診連携のほうが一番大切じゃないですか」というような話をした覚えがあります。それから、がんセンターの院長から私は嫌われて伊東には肥田といって変な奴がいるから行かないようにと言われました。年齢的には私と同じくらいか？

　そのグループで国立熱海病院に来ていた医師から、私が急に冷たくされたという覚えがあります。熱海保健所で一緒に結核審査会に出席していました。ただしその医師からこの件以来全然相手にされなくなり無視されてしまい、「肥田は、バカもんだ！」って言われたことがありました。

　順天堂の話になりますが昔、順天堂伊豆長岡病院にはものすごくお世話になりました。私は、どういうわけか、平成2〜3年頃か、毎週土曜日の夜中の0時から朝6時まで救急外来を5年以上一人でやっていました。看護師はいない事務員もいない。そんなところで、一人で働いていました。熱海の所記念病院にもすごくやっかいになりました。救急車に乗り網代の135号線を走っている時、救急車専属のドクターになろうかと考えたこともあります。

とにかくなんでそんなに働いたかと言うと、診療所を開業してお金がものすごくかかり2億円くらい借金をしたから、とにかく一生懸命働きました。

救急隊はすごい！

救急車に乗って週に1回か、2週間に1回ぐらい順天堂伊豆長岡病院、今は順天堂大学医学部附属静岡病院っていうようですけども、私は一生懸命ですから患者さんといつも救急車に一緒に乗って行きました。

救急外来にも一緒に入って自分も処置をやっているふりをしながら、順天堂の救急外来の先生方の仕事ぶりを拝見し、こういう時は、こんな処置をすればいいのか、こんな具合に見ればいいのかっていうことを勉強していました。現在は病院の中にも入れないようです。コロナの為か？　ところが、今は医者が救急車に乗って一緒に行くということはなくて全部救急隊がまあいわゆる「ポンピエ」が今は医師と一緒のようなことをやっているような時代です。私ははっきり言いますが、今の救急隊の方はすごいです、医者よりもすごいと思います。

つい一週間ぐらい前に、ある患者さんが、心臓がなんとなく変だっていうことで受診されたので、先に心電図を取りましたら、「**完全房室ブロック**」があり最悪の場合心停止することもあると説明し、救急車を呼ぶことを患者さんに告げたのですが、患者さんは、「救急車で行きたくない、行きたくない」と言って大変困ってしまいました。

救急車の中でも20〜30分くらい救急隊員と揉めていたよう

ですが、その後奥様が到着して落ち着いたのか救急車で一緒に行くことになり、奥様が救急車に後から入り靴を脱ぎ乗りますと、その靴を救急隊の方が綺麗に並べ直し横に移していました。

　救急隊の方はすごい！と感心いたしました。

医師と製薬会社

　製薬会社と医師の関係ということでお話しします。

「伊豆半島透析研究会」というのがあります。これはもう25年ぐらい前からあるのですが、たとえば地震があって津波が来て、透析ができなくなった時にどうすればいいか、伊豆西海岸、東海岸があり、どこかでそれをうまく解決しようか、なんていうことで出来た会だと私は思っております。

　1年に2回、毎年6月の第2土曜日と12月の第2土曜日に講演会を開催することになっておりました。

　しかし自分たちで計画してドクター同士で考えて会場を決めるのではなくて、製薬会社さんがそこに入ってくるというところに一番の問題がありました。つまり製薬会社の力がないと講演会というのが出来ないような状態なのです。

　講演会に出て下さる先生への謝礼、あるいはその他の食事会とか交通費など、連絡会というのはすごくお金がかかるわけです。ところが会費が1000円とか2000円ぐらいではとてもまかなえないので、だいたい参加人数は多くても100人ぐらい必要なのではないかなと思います。製薬会社が必要な経費の99%ぐらい負担するので、その薬の宣伝とかが主になるのです。

講師の先生も多分薬屋から 20 万か 30 万のお金を貰って来る
わけです。

　ある時、5 年ぐらい前の会で、ほとんどの人（看護師、透析
技師とかあるいはドクター）が、予定より早くから集まってい
るので、私は「ちょっと早めに始めたら」と言ったらその製薬
会社の責任者に、「駄目です！」と、断られました。

　それからその会には出席しておりません。

　透析の仕事をしている人の大切な土曜日です。会場まで伊東
からは近いのですが西伊豆からは「2 時間以上かけて」来るの
ですから大変です。

　講演の初めは薬屋の宣伝がほとんどです。

　その後自分たちの診療所でいつもやっかいになっている近く
の有名な医師に来ていただき、講義を受けたことがあります。
（1 回 10 万〜 20 万くらいお支払いして）

　私は、なるべく製薬会社のプロパーさんとは会わないように
しています。薬のことで分からない時は自分から製薬会社の本
社に電話して薬に詳しい社員に聞くようにしています。

医学部に入らなくてもドクターになる方法を作ろう

　昔は、医学専門学校という 4 年制の学校もありました。

　現在はなんでも医学部が 6 年制、薬学部も 6 年制、看護学校
も 6 年制になりつつあります。

（ただし准看護学校がまだ 182 校残っているそうです。よかっ
た！　よかった！　本当にそんなに残っているのかな。）

伊東市では 20 年前に准看護学校が廃止になりました。ものすごく残念です。個人でその准看護学校を引き継いで運営しようと考えましたが、もう静岡県に届け出があるとのことで断られました。残念！

当院にも 20 人の看護師に対して、その半分くらいの人数の准看護師がいます。でも給料はほとんど同じです。なんで准看護師が良いかというと、中学校卒業でも簡単な試験を受ければ准看護学校に入れるからです。

授業料は所属する診療所が払います。卒業してから 2 ～ 3 年そこで働くシステムのようです。当院でも卒業して働かず、すぐにやめて正看護師になった人もいます。それでもよいのです。

ある女性の医師が、医師の仕事が大変だということで弁護士の資格を取ったようです。

たった 1 年自宅で、自分で勉強して資格を取ったということです。なんでも予備試験を 2 回受けて、本試験を通れば合格、それから研修するようです。

医学部もそういう具合にはならないでしょうか、学校に行かなくても資格は取れる、というように。

自分で資格を取る勉強をして、ただし解剖などの勉強はできないので、国家資格に合格したあと 1 年ぐらい解剖の実習をするとかの制度にした方がいいと思います。

今から 40 年ぐらい前、聖隷浜松病院の時、検査部の K 君は

顕微鏡を覗きながら私に膜性腎症とか増殖性腎症とかの腎臓生検の結果を教えてくれました。

　透析部のＵ君は私が透析のスタッフに心電図の見方を教えようと、Ⅱ、Ⅲ、ＡＶＦは心臓の下から見ていると黒板に書いて説明していたらⅡとⅢは「反対ですよ」と説明してくれました。

　Ｋ君もＵ君も中学校卒業なので技師の試験の受験資格がなく聖隷浜松病院を辞めて他の仕事に移られたようです。残念、残念、無念。

　この制度はやはりおかしい。**中卒、高卒、大卒皆同じ！**

医者の仕事

　医師は患者さんに"**勇気と希望、生きる喜び**"を与えるのが一番の幸せです。

　今の医療はちょっとおかしいと思います。

「この可能性、この可能性あるいは合併症があるのでは」とか悪い、悪いと言って次々に薬を出して色々患者さんに不安を与えることでもありません。人間は何もしなくても90歳、100歳ぐらいまで生きちゃうこともあります。腎臓の働きがちょっと落ちると、「あー人間そんなもんですよ、段々下がりますよ、少しずつ弱くなってくよ、正常ではなくなりだんだん足腰も弱って来て」という具合に話しております。だからこそ医師は患者さんに**希望**を与えてください。

　ただしそれがすべてで通用するわけじゃなくて肝心要の病気も医者は見つけなきゃまずい。見つけたらすぐに大きな病院に相談し、紹介することが義務だと思います。

　最近当院で透析を始めて 50 年の人もいます。

何でもプラス思考

　私は、何でもプラス思考です。

　相手のことを考えて一生懸命働きましょうということをしております。私は、医学部に苦労してやっと入って今は、元気でそれなりの給料もあり働いています。

　昔、浪人 2 年目の時に、K 大学の薬学部に行っている従妹に、これから医学部が出来るから「大ちゃん 3000 万円もあれば医学部に入学させてくれるよー！」なんて言われたことあります。

「え！　なんだそれ‼」当時、私の父が 3000 万なんて持ってるわけがありません。

その頃私は 1 ヵ月 3 万円の土木作業員のアルバイトをしていました。残業代は 1 時間に 100 円でした。

家庭教師も高校の担任の先生を雇うなんて人もありました。沼津東高校の先生が自分のところで塾をやっているので、そこに通っている生徒はだいたい、成績がいいのも当たり前、推薦入学で私立大学にも入れますがただ卒業すれば皆同じです。

本当に酷いものです。ですからお金に関係なく学校はみんな入れるようにすればいいです。もう頼みますよ。

職員の指導のもとに医師は働かなければいけない

医師の免許っていうのはちょっと変なことがあります。医師よりも看護師、検査技師の方が優れた人が沢山います。

ただレントゲン写真のスイッチは、「医師が押さなければいけない」という決まりがあります。

同級生が青森県の保健所の所長を長くやっていたので聞きましたら、何でも「そうしなければいけない」ということはその県で決めるので、それぞれ県によって違うそうです。ですから私は、いちいち呼ばれると診療中でも「先生ボタンを押してください」と言われて「押し」に行きます。座ってばかりいる仕事なので立って足を動かせるからいいと思ってやっています。

レントゲンの位置など合わせるのは全部スタッフです。ただ

ボタンを押すだけです。

「医師の指導のもと」、といわれることがあります。

　しかし私は、そうではないと思います。「職員の指導のもとに、医師は働かなければいけない」というように強く思っています。

　※　最近レントゲンの機械が故障しました。

7〜8年使っていたか、まだ使えるのにどこが故障したのかスイッチの部分の故障で部品がないと言われ、新しいものに交換したらとても使いづらくなり、スイッチの音も聞こえず、かえって変な機械になりました。

35年前にピアノを習った話

　35年ぐらい前に「ショパンのピアノ協奏曲」を弾いてみたいと思い、高校の音楽の先生で当院の糖尿病の患者さんでもあるピアノの先生から、自宅で昼休みに1時間ぐらいピアノを習っていました。「バイエル」という本の練習からだったのですが、そのバイエルも難しくてピアノって右と左で手の動きが別々でまた足のペダルを踏むなんて何て難しい楽器なんだと思いました。

　まぁバイエルの半分ぐらいまで一年半ぐらいかかりました。

　しかし先生がある時に「君のその能力ではピアノを10年習っても無理だから」と離れていきました。ピアノを弾くという

のは大変なことだということがわかり断念しました。それ以来ピアノに触れたことはありません。

　その先生は定年後、有料道路の料金所のスタッフと働いておられました。もったいない世界です。

何でも安全な世界はない

　何でも全てが安全という世界はありません。何でも自分の責任です。テレビ番組では、何でも国がおかしいと言う人もいます。しかし、やはりすべて自分の責任です。

　私の小さいころは、冷蔵庫、テレビ、洗濯機というものはなかった時代です。何でも自分でやる。ちょっと最近おかしすぎです。

　両親がコロナになったら子供はどうするかってそれは両親の責任です。家族や周りで助けあうのが普通です。

火事場の交通整理

　はぁとふる内科・泌尿器科に以前いた透析室のスタッフの話です。私が「火事場の交通整理」というニックネームをつけたMさんがいました。

「火事だ！　火事だ！」と大騒ぎするだけで自分は火事を消す努力をせず、「あぶない！　あぶない！」と交通整理をしては何処かに行ってしまうような人でした。

　しかし忘年会になると司会などで活躍して、皆を楽しませることに長けたとても愉快な人でした。最近「はま寿司」のカウ

ンターで偶然会ったことがあります。パチンコの景品交換の仕事をしているようです。血液透析もやっている病院で事務員をしていた時に透析のことはほとんど知らないのにドクターに受験を勧められ技師合格となったようです。性格はいい男です。

　制度はなんでも第1回目は全員合格です。

　医師国家試験も我々の4〜5年前は100%の合格でした。

　当時はケアマネの制度もほとんどそうでした。

カレンダー

　この絵は毎年当院看護師の「武智竹志」さんがデザインしたものです。学生さんに勇気と希望を与える為に４月から始まり３月で終わるカレンダーとして、患者さんに毎年配布しております。（令和２年から５年までのデザインです）

2023 年（令和５年のカレンダー）

2022 年

2021 年

2020 年

血を見るのが怖い

　我々の仕事は、血を見たりすることもありそれが嫌だから医療従事者になりたくないという人もおられますが慣れの問題だと思います。

　まあ私は医療従事者が血を見るからとかよりも生活のことが大切で医者になったわけですが。

　解剖学が大学の専門課程の１年から始まるのですが、初めは亡くなった人を見るのも怖かったです。そこを一つ一つメスを入れて解剖を始めるのですが、初めは何でも怖いです。ところが毎日、３時間解剖をしていると慣れてきて、最後の方は頭を半分にするなんていうことも出来るようになります。

　解剖の話はもうこのくらいにしておきます。

同級生、日沼君からの手紙

　肥田　大二郎先生　　　　　　　　　　　（2021/4/5）

　先生の御本を送って下さりありがとうございました。

　通勤電車の中で読んでいるうちにあまりにも面白くて引き込まれてしまい、何度も乗り越しそうになりました。ちなみに私は病院までの通勤時間は１時間 20 分で５回電車を乗り換えます。

　先生の御本を読み、肥田先生の人生をよく理解できました。

　とてもユニークで only one の人生だと思います。力強く素晴らしいですね。先生が泌尿器科そして内科を勉強され、医療

の幅を広げて研鑽し素晴らしい臨床医になられた様子が、まるでその場に居合わせているように手を取るように読み取れました。それほど先生の文章は正直でわかりやすく筆が立っています。

　先生の人生は私の人生と重なり合う部分があり、とても共鳴いたしました。

　弘前大学での学食で120円とありましたが、それは定食A120円、定食B100円、定食C85円で、私はいつも定食Cを食べていました。

　解剖実習中に、私が女は心だと言ったら、深沢先生がいや女は体だと言い、肥田先生が女は粘膜だと言い切ったことを思い出しました。まさに女性を言い当てた名言中の名言です。

　弘前から仙台まで医師国家試験を受けに行った時、皆で問題練習していると私が知らない知識を肥田先生が余裕で話していることに驚かされました。同時に、私は自分の6年間の勉強不足を思い知らされて、このままでは国家試験に落ちてしまうのではないかと不安に陥りました。そこで私は国家試験の前日と1日目の夜は徹夜をして必死の猛勉強をいたしました。徹夜で2日間勉強したのは私の人生で最初で最後だと思います。このエピソードに関して私は肥田先生に感謝しております。

　その後、30年以上にわたり私は、毎年1回は医師国家試験

に落ちる悪夢を見続けました。その夢では笑顔の肥田先生が必ず登場しました。

　なお、私は6年前に内科専門医試験に合格しましたが、その後はこの悪夢は払拭されています。

　肥田先生の偉大なところは。
　若者よ！　我が名を上げよ　雲の上まで！
　資格を取って　世界に翔こう！
　の言葉とそのサポーターになっておられることです。尊敬しております。
　お元気で

日沼　和生

完璧な人はいない

　完璧な人間はいません。私は、鼻が悪くて匂いが分からない、味も分からない、耳も遠い、足腰が痛い、人間はいろいろコンプレックスっていうわけじゃなくても、何処か何かあって当たり前のことです。ですからみんな人生コンプレックスを克服して楽しみましょう。何でもマイナスのことを言う人はおバカです。一生懸命頑張りましょう。

便秘のお婆ちゃんの話（ゴールドフィンガー）

　今日は土曜日なので5時までの診察ですが、救急隊から3時くらいに電話がありました。

便秘で困っている患者さんです。

便秘で救急車を呼ぶとても変な時代です。

救急隊の人が一生懸命に頑張っているのを知っていますので、何かお役に立てないかといつも思っています。

その患者さんは、かかりつけの医師もいないので当院へ救急車で運ばれてきたようです。救急隊の方が血圧も測ってあり、意識レベル（JCS: Japan Coma Scale）も正常（JCS1 と、つけていました。彼ら救急隊の人は勉強することが多いようです）、ベッドに横になってもらおうとしましたが、私はすぐにトイレに行ってもらい看護師さんに 120cc の浣腸をやってもらいました。それでも便が出ないので、私が便を手で掻き出す摘便をすることにしました。

すると意外とそんな便は硬くなくて普通の便で 3 分の 1 ぐらい掻き出しました。

その時自分は副鼻腔炎もあり唾石も摘出手術して、頭も硬膜下血腫の手術をしているので、味覚も臭覚も少ないとずっと思っていましたが、お婆ちゃんの便の臭いが強くはっきりとわかったのですごく安心しました。

しかしまだお婆ちゃんは苦しいので、そのあとも看護師（香苗ちゃん）に摘便をしてもらうとまだまだ沢山溜まっていたようでした。最初に出た 3 倍ぐらいあったようでした。

便を掻き出してもらった看護師さんには「悪くて、悪くてしょうがない」と思いました。

「先生、違うところに入らなくて良かったですね」と言った中西看護師（この方は沖縄の離島で働いていた方です）が「ゴー

ルドフィンガーじゃなくてよかったですね」と言って笑いました。

その患者さんは、スッキリとしてタクシーで帰られていきました。

私は、はっきり言うと初歩的な仕事が大好きです。

医者は看護師に任せきりで何でもやらないということは間違っていると思います。まずドクターが率先してやらなければと思っています。

バラの話

ある酒屋のおばあさんは、108歳まで生きました。

私の親父の養父が、当時その酒屋で働いていたそうです。

そのことが御縁でそのおばあさんのところに私は度々往診に行っていました。

「100歳になったらバラの花を100本持って来るよ」

と言って、毎年バラの花をお誕生日に贈りました。最後は108本のバラの花を贈りました。

昨日も50本のバラを私からもらったとご婦人が診察にみえました。

「2度目の結婚のお祝いだったようです」私は忘れていました。

いつも私はそんなことをしています。

クリスマスには、赤いバラ

母の日には、真っ赤なカーネーション

父の日には、黄色のバラ

とその日に来られるすべての患者さん全員に差し上げており
ます。
「愛する人に差し上げてください」とメッセージを付けて。

仲の良いご夫婦（その1）

　外来診療（の患者）さんで、御主人に奥さんが付き添いで来
ることあります。
　ほとんどは、旦那さんがヨタヨタで、車いすを押して奥さん
がしっかりとして付き添って来ることが多いです。
「この旦那さんには、何処に魅力があるのかな～」、「土地成金
なのかな～、お金があるのかな～」、というような78か79歳
ぐらいの方ですかねぇ。旦那さんは、意外と元気がなくて奥さ
んは素晴らしく綺麗な方が多いです。

　このお二人は何で一緒にいるのかと考えることがあります。
　何と私がそれを直接最近聞いちゃったりすることがあります。
　一人の方は、見合い結婚でそのままずっと一緒。酔っ払いな
ので、朝から酒を飲んでいるお父ちゃんと過ごしているようで
す。
　まあ経済的には年金ぐらいあり畑もやっているというような
ことでした。「このご婦人はすごい人だなぁ」と私は思います。

　別の患者さんのご夫婦のお話です。奥さんが車椅子を押して
ボケーッとして車いすに乗って来るお父さんの患者さんがい
ます。80歳ぐらいの方です。「とても、最高に幸せな人ですね。

奥さんとどうして結婚したのですか」と聞くと、見合い結婚をしたと言いました。

「お酒はいつから飲むの？　朝何時くらいから？」

　旦那さんに「あんた幸せ者だね。日本一だよ」って言うと本人は、自分の幸せ感がわからないような顔をしていました。

　お父ちゃんは昔、静岡県関連の魚などを研究する仕事をしていたみたいです。もう父ちゃんも85歳ぐらいだと思います。私73歳です。まあすごく幸せな人が多いです。お母ちゃんもお父ちゃんの世話を焼いている時が一番の幸せのように思えます。

　愛情ということは、私は昔、自分がすごく貧乏でしたからどうしても、お金を持っているのかなぁ？　なんてふうな具合に考えてしまいがちですが、どうもすごく立派なご婦人がいるということも診療していると分かります。人間って面白い存在だなぁ。

　人の良さというのは何で判断するのかまるっきり分かりません。40年、50年も一緒にいたら分かるのかもしれません。若い時一目惚れして、「可哀想だなぁ」なんて思って結婚して裏切られるやつは、超大バカものだと思います。自分のことです。

仲の良いご夫婦（その2）

　私の診療所は、外来の他に、血液透析もやっていて、外来には色々な患者さんが来て診察をする変な診療所です。透析は、原則的に週3回、月水金か火木土で行います。（まれに週2回

の人もいます）朝8時半からの診察ですがどうも8時前には診療所の駐車場に車を停めて患者さんが待っているようです。

　川奈診療所の駐車場は、20台ぐらいは停められますが、透析患者さんの送迎の車も停まっているので意外と狭い感じがします。

　私がよく月、水、金の透析日に診療所の駐車場で会うご夫婦の話です。

　軽自動車に乗って朝7時45分から8時ぐらいの間に奥様の運転でお父ちゃんがやって来ます。駐車場に着くと、奥様は運転席から降りてお父ちゃんの車椅子を出します。助手席に乗っているお父ちゃんは、両膝から下が切断してあり透析を受けている方ですが、一生懸命奥様は、その車椅子に毛布を敷いて父ちゃんがうまく降りられるように介助しています。一人ではなかなか難しいので外来スタッフも介助に加わるのですが、スタッフより奥さんの方がとても上手に車いすに乗せていきます。

　私はその奥様に「あなたがそんなに旦那さんに良くしているのか私には信じられないです。私はご婦人に捨てられることの方が多かった人間ですから」と言いました。

　ご主人は昔よくパチンコをやられたそうなので、パチンコにお誘いして行くことにしました。

　ある時、職員と3人で40〜50分くらいかかる大仁のパチンコ屋に行ったことがあります。

　パチンコ屋に行くときには、スタッフが特別にパチンコ屋さんに先に電話をしておくと、特別の駐車場がありパチンコ屋の従業員の方が椅子を外して車椅子が入るようにしてくれてい

した。

　そのあと魚河岸で寿司を食べたりビールも飲んだりして帰る
なんてこともありました。

　ある日その方がコロナワクチンの注射を打ちに来た時に、その時は誰かよく分からず、少しして「あっ、そうかあの車椅子で来る患者さんの奥様だ」と気付きました。そこでお父ちゃんにお聞きしたのです。「どうして奥様を口説いたの？　あなた方は恋愛結婚ですか？　見合い結婚ですか？」と面白い質問をしました。物静かな奥様は「見合い結婚です」とおっしゃっていました。「世界一の幸せもんだね」とお父ちゃんに言うと、父ちゃんはブスッとしていました。

千人斬りの患者さんとの会話

　今日外来に来た患者さんの話です。普段は当院の診療所から行くだけで30分ぐらいかかる宇佐美にある患者さんの自宅に看護師と運転手と私、3人で往診に行っておりました。その患者さんの住まいは、小さなマンションで、一人で暮らしておられます。まあ85歳ぐらいの方ですから部屋もそれほど綺麗ではありませんでした。

　週に一度ぐらい掃除に来てくれる人がいるということです。

　私が「ご婦人でしょうね」と言ったら「男の人です」と話しました。それから話が弾みまして私だったらご婦人に来てもらってまあ1時間ぐらいで掃除してもらって2000円くらい払うよね、などと話しました。

「ちょっとお尻を触らせてもらって3000円ぐらい払えば」な

んて冗談を言って笑っていました。（私相当バカ??）

その患者さんは「僕は千人斬りですよ、ご婦人を千人くらい知っている」と話していました。

私もよく考えてもご婦人は5〜6人しか知っていないんじゃないかなぁなんて、二人でそんな話を20分ぐらいしておりました。

その方は、我々に往復1時間ぐらいかけて往診に来てもらうのが大変そうだと思い、今日は自分で、介護タクシーに乗ってきたと言っていましたが、それではあまりに大変そうなので帰りは車で送っていこうかと申しましたら、患者さんは「大丈夫、大丈夫、自分で、介護タクシーで帰りますから」と言っておられました。毎日こんなお馬鹿な話を患者さんとしております。

まぁ、こんな面白い診察もあるなんて知ってもらえたらと、いつも考えています。

日本画家　佐藤晨さん

86歳で、私の診療所で透析をやっていて車椅子でいつも来院される患者さんです。

その方の個展を市内の「池田20世紀美術館」で開くということで鑑賞してまいりました。超びっくりしました。
「今まで見た絵で一番すごい！」「池田20世紀美術館」には、マティスとかヴラマンク、ピカソとか有名な絵画がありますけども、佐藤晨さんの絵は、何か訴えていることが違う、人間の感情を奮い立たせる、何か力強い物を持っているような物凄い世界でした。

写真や芸術作品は後世に残るからいいなと思いました。

伊豆新聞に投稿した文章です。（2021 年 10 月 21 日）
《人生の先輩にパワーをもらう》

　私は先日、伊東市の池田 20 世紀美術館で開催されている個展、「佐藤晨の世界　夢限と祈りのかなたへ」を鑑賞してきました。「道成寺　清姫」「瞽女の光景」「壇ノ浦」「白秋　月に白狐飛ぶ」など、どれも非常にパワフルかつ繊細な描写であり、独特で幻想的な世界の中に吸い込まれてしまいそうな作品でした。中でも 360 センチもの大作は、その力強さに圧倒されました。

　芸術に疎い私は、そのスケールの大きさにとても感動しました。その作品を描いたのが、現代日本画家の第一線でご活躍をされている 86 歳というご高齢の方で、ご病気を抱えながら描いたのですから驚きです。

　描く絵の力強さに、どこからそのエネルギーが湧いてでてくるのか、なぜそのような人を感動させられる絵が描けるのか、敬意を表したいと思います。

　私は 72 歳。17 時半に仕事を終え、帰宅した後にビールを飲み、19 時か 20 時には寝てしまいますが、「人生は 70 歳からがスタートだ！」と最近私は考えています。人生の先輩にパワーをもらい、そして表現力とは何かを教えてもらったような気がします。

　2022 年 1 年月 11 日まで池田 20 世紀美術館で作品を鑑賞することが出来ますので、なんとか一人でも多くの方に見に行っ

てほしいと思います。

肥田大二郎

入試のこと

　3勝8敗！　私の大学入試の結果です。中には1勝15敗という人も先輩でいました。

　私は茶化して「横綱の大相撲の取組で千秋楽が終わって全敗したあと、行司にもう一番お願いいたします。横綱の勇み足！1勝！」なんて冗談で北溟寮の先輩に言った覚えがあります。まぁ、横綱の勇み足でも合格すればいいと思っております。

　また私の同級生でも8浪がいました。8年浪人をしたわけですよ。

　他の大学を卒業してから4年間、弘前大学の医学部、国立大学の医学部を5回受験し受かった人もいました。やはり人間は一生懸命努力しなければいけません。ただ大きなヒントを私が与えます。

「あれもこれも勉強してはいけません」

　私が北海道大学を受験した時は、理科とか社会は、たとえば理科は物理、生物、化学、地学から自由に問題が出てそこから好きな問題を6題選べばいいというような形でした。

　社会も世界史、日本史、地理、倫理がありその中から6題選べばいいような、12題のうちから半分選べばいいのでした。

ですから私は全部を勉強しました。
　しかし受験の時はどれにしようか、どの問題を選ぼうかと思い迷ってろくに答案も書けませんでした。これが1番オバカの勉強方法です。

　学校の先生は多分絶対に新しい問題は作りません、ですから、**2、3年前の問題を徹底的にやればそれで大体合格だと思います。**
　とにかく"勉強の仕方"があります。このことだけは覚えていてください。学校では教えないかもしれません。
　また、学校選びも同じだと思います。

　「医師でも放射線技師でも看護師でも臨床検査技師でも」何でも同じことです。たとえば東京の学校が難しいなら1番易しい地方の学校を2つ3つ探してそこの**過去問を勉強してそれだけ勉強して覚えればいいのです。**

　若者は東京が大好きなようです。
　私は東京で肉体労働していたので嫌いです。

　大学も各種学校もそうですが、どこの学校を卒業しても同じです。
「そこからが勝負です！」、もう少し具体的に言うと学校の先生はそんなに頭が良くないと思います。

　医者も同じ、なんでも頭の中は皆同じです。"やり方です。"

中には高校の担任の先生にまでお金を払って、家庭教師をお願いするような親もいました。とにかく何でもお金という風習を打破しないとまずいと思います。絶対努力すれば頑張れる、**「ただの努力ではダメ！　やり方です」**そのことをこれからも私は伝えて行きたいと思います。全国どこの中学でも高校でも行って話したいです。

文武両道に ??

　高校ではよく文武両道と言われているようです。最近会った高校生1年生は、柔道部に入っていて、どうも血尿が出たからと言って外来を受診しました

　高校に入るとどうしてもスポーツ部に入らなければいけないということでした。私はそれを聞いてびっくりしました。

　私はその考えに大反対です。

　中学校の2、3年から高校3年までは、将来のことを考えて**「どうやって生活をしていくのかと"武器"を身につける時です」**要するに大学に入っても何を武器にして行くか、もしかしたら90、100歳まで生きるかも分かりません。

　ですから、それを考えるのが中学生、高校生だと思うのです。

2022年の当時の4月〜3月までの学生さん向けのカレンダーの表紙です

　若い時は将来のことを考えて何か資格をとらなければいけないと思います。私がある病院に行った時の看護助手さんの中には、野球部で甲子園に行ってヒットを2本打ったというスタッフがおりましたが、ただ褒められるのはその時だけ!!　もう5年10年も経てば忘れられてしまいます。

　オリンピックの選手も同じだと思います。金メダルを取って夢は叶えられても70、80歳までスポーツをして食べてはいけません。だから高校時代は勉強をしなければいけない。

「中学、高校生というのは一番大切な時です」

　私は昔ものすごく貧乏でした。

　水道なんかない、電気なんかあるかどうか分からない、井戸から手動ポンプで水をくみ、ローソクを灯してミカン箱を机にして勉強するようなこともあった時代です。

　昔、私は、貯金箱を持っていました。

それは50円を貯める貯金箱でした。今でのたった50円ですよ、我々はそんな時代に生きておりました。そして何でも安心安全という世界は、ありません、洪水が来ればすぐに川は氾濫して沢山の人が死んでしまいます。道は舗装ではないし私が住んでいた中伊豆町は、車は2台だけあり、あとは牛が走っているところでした。

今は、みんな"国が悪い、制度が悪い"と、コロナ騒ぎでもそうですけども、とにかく皆もっと自分の頭を使って考えてください。何でも揃っている世界はありません、こんなことをやっていれば人間はすぐに滅びると思います。どこかの国からミサイルが飛んで来たりして。日本は、2回以上も原子爆弾が落ちた国になっちゃうかもしれません。だからもっと皆さんよくよく考えてください。

商業高校から看護師へ

伊東商業高校に通っていた女性の話です。正看護師になりました。

当時の担任の先生からは、「商業高校から看護師なんかにはなれないから、無理だから小田原のロビンソン百貨店のエレベータガールになりなさい」と言われ本人も半ば、あきらめかけていたのですが、私は「やめろ、やめろ、エレベータガールになっても70歳、80歳まで働けないから看護師の免許を取りなさい」と本人に言い、私が患者さんで親しかった校長先生にお願いして「看護師にさせてください」って言って推薦してもらいました。

それから本人も、猛勉強をして看護学校に入り、国家試験にも合格し今は立派な正看護師として働いています。

　その後、伊東商業高校から正看護師になる人が多くなったということです。

　出会う人により人生は大きく変わると思います。

　みんな人間ってそんなものだと思います。

無責任の責任

　無責任の責任という言葉があります。私が作った言葉かな！"無責任の責任です"。

「責任がないけど責任があるように感じることです」

　伊豆とすると珍しく大雪の降った土曜日の朝、当院の看護師のＸさんが出勤する為に旦那さんが自宅の駐車場で雪かきをしていたら急に倒れ、救急車で市民病院に運ばれましたが、心筋梗塞で突然亡くなってしまいました。

　死亡確認をされて霊安室に運ばれていた時に私はちょうどその日が休みだったので霊安室まで面会に行きました。霊安室の前に娘さんと一緒に当院の看護師のＸさんがいました。どういう心境だったのかと思うのですが……私のところにそーっと寄ってきて「**先生好きだよ、愛してるよ！**」ってお父ちゃんが亡くなってまだ霊安室にいた時の話なのでびっくりしました。

　だけど私がもし彼女だったら、そこの責任者の理事長に「**先生、好きだよ、助けてよ！**」と表現をしたのかもしれません、

人間は生きるために一生懸命です。

「愛してるよ！　先生これからもお願いします」

　ということだったのだと思います。Ｘさんには子供が３人います。

　ちゃんと私は一生懸命考えて "無責任の責任" を果たさなければと思っております。その後も彼女と個人的には食事にも何処へも行ったことがありません。どっちが早く亡くなるか分からないですが、私が亡くなった後にも働けるようなシステムを作っておきたいと思います。

30年前朝早く診療所を開けた

「ひだ内科・泌尿器科」の頃は８時30分からの診察で７時30分から鍵を開けていました。

　しかし現在は８時から診療所の鍵を開けています。

　30年以上前に７時30分ぐらいに来た人がいて「寒いので外で待つのは大変でしょうからちょっと中に入って待っていてください」と言い、待合室でお待ちいただくことにしました。それからしばらくして診察が始まり、初めの方をお呼びしましたら、何と違う人が入って来て「最初の方はどうしたの？」って言ったらスタッフが「先生いません！」っていうことで「ちょっと待ってよ」受付に置いてあった薬や、処置室の注射液とか色々置いてあったのですけども、それらが「盗まれた」ことがありました。

　それからは７時45分位から診療所を開けることにしておりましたが、最近では８時からに変更しました。

それと、事務と看護室、診察室にも鍵をつけるようにしました。当院は待合室には、自動販売機とかそういうものは置いてありませんが「無料で飲めるお茶やコーヒーが飲めるサーバー」があります。

　そうすると今度は水筒とか、空のペットボトルとかを持って来て昼休みにそれだけを入れに来るというような人もいるようです。

　何でも相手のことを気遣って、患者さんのことを思ってサービスをするのは、もしかしたらまずいことになるかもしれないと最近思っています。まあ、そんなことをいつも考えている変な人間です。

　平成8年ぐらいの時に国道135号線の傍らに診療所を移転して、まだ近くにコンビニもない頃、開業する前の川奈のひだ内科・泌尿器科の駐車場に、1台の観光旅行のマイクロバスが停まって、何も言わずに次から次と、お手洗いに入りそのまま帰ってしまったことがありましたが、その時のおじいさん、おばあさんの「運」がついたのかなと、何でもプラス思考で変なことを考えております。

伊豆高原のはぁとふるが出来て最初の患者

　一番初めの患者さんは、今までかかられていた大学病院でのご自分の検査データや紹介状などをまとめたノート10冊分ぐらいの分厚い検査結果をケースに詰めて持ってきました。
「全部見てください」と。私はびっくりしました。

　ええ！　そんな！「あなたの今一番大切な訴えは何ですか？」とお聞きしますと「私のこれが病歴ですからとにかく見てください」と、ええ！　今の問題です。何を申されますかと言うと。「これが私の病歴ですからとにかくまず見てください」の一点張り。

「これ読むと2、3時間ぐらいもっとかかっちゃいますよ。まだ他にも待っている患者さんが沢山いらっしゃるのにその人の分厚い10年分くらいの検査結果の書類を見るなんて無理です！」と話をしました。

　その時私はこう言いました。「あなたの専属の主治医として雇ってください。月に20万ぐらいでいいですよ」。すると相手がビックリして、それから、もう2度と当院には来ることはありませんでした。その方は、昔どこかの会社の偉い方だったようですが、そんなことはまったく関係ありません。人間皆一緒です。

　とにかく一般的に、開業している内科医というのは、どのような主訴でも何でも見るので大変です。

　私は昔、先輩である先生の娘さんが医大生になった時に「娘に何科を専攻させればいいのでしょうか？」と相談されたことがありました。

「まあ、女性だから仕事半分、生活半分がベストです。眼科とか耳鼻科とか皮膚科がいいのではないですか」とお返事をした覚えがあります。

　はっきり言うと内科医、あるいは透析もやっている「はぁと

ふるのような診療所」は、盆も正月休みもありません。休めるのは日曜日だけです。

（当院に勤務する医師は連休の時はなるべく休ませてあげたい!!）大変なことです。

現在その娘さんは眼科をやられているようです。

何でも自分のせい

何でも自分のせいだと思います。

最近調子が悪くなって足が腫れる、体が痛い、頭がおかしいなんていう患者さんがいっぱい来ます。「動けなくなったらどうしましょう、助けに来てください」という人が多すぎです。今は「国が悪い」、「会社が悪い」、「誰かが悪い」って言う人が多すぎです。やはり人間って絶対そういう存在なのです。すべて自分のせいなのですよ。偶然に生まれて来て生きているだけの話。

「いつかは亡くなるんですよ。死ぬんですよ」

今は男が81歳、女が87歳「男はハイよ、女はハナよ」と平均寿命が長くなってきていますから、だんだん亡くなるまでには色々な病気にかかり弱っていくのが当たり前なのです。年齢を重ねれば思うように動けないのも当たり前です。

出来なくなること、弱くなったことを悲観するよりも出来ることに心を向けてもっと前向きに年を取って生きたいと私は思います。

仕事が出来ること、ゴルフが出来ること、パチンコが出来ること、すべてに感謝。

話し方教室

「どこかでお会いしたことがある方だなぁ」と思い、診察で来た患者さんに申し上げました。その方が、「肥田先生は、昔の診療所で、元スチュワーデスのご婦人の方と話し方教室の先生をやられていて、私はその時の生徒です」とおっしゃいました。

昔の診療所を利用してそんなことまで行っていたなんて、びっくりしました。若い時は表現力がもっとあったんだぁなんていうことを思いました。元スチュワーデスの方もどのような人だったか忘れてしまいました。

なんで中学、高校と「どもっていた私」が話し方教室なんてしたのかなぁ〜。

理事長の妻

ある耳鼻科の診療所に行き「私は某診療所の理事長の妻だから早く見なさい」と、とても恥ずかしい発言をした女性がいたということでした。

私も自分の診療所で有名な俳優、政治家が来た時に、早く診察をするなんて考えたこともありませんし一切しておりませんし、言われたこともありません。

私は、ニュース以外はテレビを見ないので、有名な人なのか、

ということもよく分かっていません。今から23年前くらいに
有名な作詞家とか俳優とか診察したこともありましたが、順番
に診察を行っておりました。

「有名人だから早く診察してくれ」と言われたことは一度もあ
りませんでした。有名人は分かりません!!

「スマップ」という超有名人の5人組のアイドルグループに天
城高原ゴルフ場の更衣室のすぐ横でその3〜4人に接したとの
ことですが、全然会っても分かりませんでした。

　楽しい話ですが、そんな話をするとふと、私が札幌の桑園予
備校へ2学期から入った時、素敵な可愛いご婦人2人のことを
思い出します。**一人は苫小牧西高校、一人は函館の遺愛女子高
校の出身でした。**

　桑園予備校の何かの事務の順番待ちで二人の女性がいつまで
たっても前に進まず次から次に順番を譲り、何と謙虚な人たち
なのか、一番最後まで二人で立っていた光景を50年経った今
でも思い出します。

　お二人とも名門の大学に入りました。そのご婦人たちを今も
思い出します。

　今何歳になっているのかな70歳くらいかな、きっとその時
よりも魅力的な70歳になっているのかと思います。お会いし
たいのですが美しい思い出はそのままにしておきます。まあ私
もその頃よりも太って変な男になっていますからごめんなさい。

　一人の女性が育ったところを見てみたいと2年くらい前に親
族と北海道へ行って函館から恵山の方まで行きました。道は最
後の方で行き止まりになっていました。それから苫小牧の方に

向かいました。

政治家をもっと減らしましょう

　立憲民主党の人が何か選挙で怒っていたようですけども、私も昔の人間ですから自民党、共産党、社民党、創価学会の公明党ぐらいしか知りません。

　よく言いますが、政治家には、あまりお金は払わない方がいいと思います。

　自分が主張する政策ができなければ給料は出ないとかにしたらいいと思います。何でも政策に反対、反対と言い、楽なことをしている政治家が多すぎます。みんな「費用対効果！」ちゃんと自分の政策を話して、それが実現すれば給料をもらえるというようなシステムにしなければいけません。

　ポスターをよく見かけますが、「人間を前へ」「実現と実行」何をどうするか全然分かりません。

　そうしないと人間はつぶれます。国会議員なんて10人から20人いればいい。と私はズーット昔から思っております。

憲法第9条

　伊豆の国市の国道を走っていましたら、「私たちは、憲法9条に守られています」なんて書いてある看板がありました。そのことで思い出しました。

　今から15年ぐらい前に、「憲法9条を守る会」の事務所が市役所の中にありましたので市役所に電話して総務部とか秘書課を通して市長さんにやっと会えることになりました。

（汚職で捕まった）市長のところに行って「それはちょっと、おかしいんじゃないですか」と意見を言いに行ったことがありました。また市長室もすごい部屋でした。全部ジュータン、スリッパを履いて私に会いました。

　なんと仕事中のことですよ！

　税金でやっている市役所の中に特定の思想の事務所があるのはおかしいことだと思います。何をするにも自由ですが市役所以外の別の場所でやればいいです。

　市庁舎が立派すぎる！　昔10人くらいの市民の投票で選ばれた、左翼系の当時の市長（私の高校の先輩だったか）はそこで引き続き市長を務める予定でしたが、完成する前に死去されたようです。以前ひどい台風があり市庁舎のガラスが割れたなど報道がありました。

　私は立派な市庁舎がいやでした。アパートの一室で市民の仕事をやればいいと思っていました。そのころ医師会の介護保険の役員をやっていたので月に1度くらいこの立派な市庁舎に会議に行っていました。（嫌々です‼）

下田の活性化、ペリーロード

　伊豆の下田にはとてもいいところが沢山あります。

　ペリーの黒船が来たところです。

　もっともっとみんなに宣伝しないと下田をもっと活性化させ発展しないと伊豆半島は何も変わりません。もっと沢山の人に下田に来てほしいと私は思います。

「ペリーロード」というのが下田にあります。

黒船でやってきたペリー提督が了仙寺で日米下田条約締結のために行進した道路です。了仙寺から下田公園の約500m、平滑川をはさむ石田畳の小道沿いには下田で有名な、なまこ壁や伊豆石造りの風情ある家並みが続いているところですが。

しかしどこからどこまでがペリーロードなのかよくわかりません。ペリーが歩いた場所にアメリカの旗を掲げるとか、「道路にアメリカの国旗の色を塗る」などしてもっとアピールしてほしいです。

136号線沿いで松崎町松崎を出て萩谷崎あたりに、ご婦人の彫刻が並ぶ道があります。「富士見彫刻ライン」と言われている有名なドライブコースのようですが、全部で19体あるようです。

この彫刻を誰が作ったのか、誰が管理しているのか、誰が掃除しているのかなど知りたいです。

私ならご婦人の彫刻一体一体に皆から募集して名前をつけるのもいいと思います。もうついているのかもしれませんが、もっと、もっと、みんなに宣伝したほうがいいと思います。

松崎には国の重要文化財とされている「岩科学校」があります。明治13年に作られたようですが昔はあまり勉強に熱心な時代ではなかったのに、このような素晴らしい学校があったことも驚きました。

「伊豆の長八美術館」の当時の左官技術の素晴らしさにも驚きました。伊豆半島にはいいところが沢山あります。

下田港には平らなところが広くあるのでうまく活用すればい

いと思います。

「伊豆七島の一部でも観光船で日帰りで往復できますよ」

のような看板を作るとか、伊豆スカイラインの無料化などもっと伊豆半島、下田を変えないとまずいと思っています。伊豆新聞にもどんどん載せたいと思います。

静岡県知事

　静岡県知事が、コロナが流行している時に、国道135号線の伊東市赤沢あたりの道路の掲示板に、「静岡県からのお願いです。県外への外出はお控えください」という文章が流れていました。

　ところが静岡県知事は、コロナで大変なその時に自分の車で、ベンツか何かわかりませんが、軽井沢の別荘に行ったようです。ありえない話です。

　絶対行ってはだめです。そして車も県の大きな納税者である「スズキ」や「ホンダ」の車に乗るべきです。ご本人は、どうやら静岡県出身ではないようですが。おかしな話です。

　リニア新幹線の工事の問題でも静岡県知事が、リニア新幹線の工事が山梨県、長野県、愛知県まで来ているのにも関わらず静岡県は、川の水の関係があると言って何年も反対、反対と言って工事が静岡県でストップしています。川の水が多い、少ないっていうのは、その時の自然現象の問題でリニア新幹線を作ったからどうこうということではないと思います。

マイナスなことばかりあげて反対、反対と言うのは、やめてください。よく考えてください。本当に私は、政治家って〝おバカ〟が多いなと思っております。

また御殿場を批判するような、「あちらはコシヒカリしかない、だから飯だけ食ってそれで農業だと思っている」とか発言して市民の批判を浴び、謝罪をしましたが、ふざけるなこの野郎と思いました。

伊豆縦貫道の入り口に行くところでも、200円のお金をちょこちょこ1回、1回払わなくて無料化してほしいです。

そうしたら縦貫道の入り口で「ETCX」というのを目にしました。200円を支払うだけのところで、普通のETCではなく「X」です。ビックリしました。いったいなんですか？　なんでこんな変なことを考えたのですか？　「X」というのは何ですか？　おバカがやることです。

とにかく頼みます。もっと、もっと伊豆半島を活性化させないとまずいです。とにかく伊豆スカイラインも無料化しましょう。

渋滞も避けられるし、もっと多くの人に来ていただいて伊豆の良さを知ってもらいたいのでよろしくお願いいたします。

静岡県知事の仕事は、静岡県民を幸せにすることです。

私は、「はぁとふる内科・泌尿器科」に来ていただいている患者さんのところになるべく食事をしに行こうと思っています。〝人間は、持ちつ持たれつ〟です。

別の話ですが、新幹線の熱海駅のホームのところに「**若者よ、資格を取って世界に翔こう！**」という広告を出そうと思って聞いてみたのですが、「それは意見広告だからダメだ」ということになりまして、それからどっかの老人ホームの広告になっております。意見広告でしょうか？　ごくごく当たり前のことだと私は思います。私が相当変わった人間なんでしょうかね。

拝啓　静岡県知事様
（伊豆新聞に投稿しようとした文章）

　私は数ヵ月前、伊東市の地元の小学生で5、6年生の子供たちにお話しする機会がありました。「人口二百七十万～七千八百ホ～キロよ～♪」

　今から56年くらい前、私が中伊豆町の八幡小学校の5年生の時に、担任だった浅田丈平先生からこの歌は静岡県の人口と面積だと教えて頂きました。

　私が生まれた昭和24年は、皆が戦争から帰って来て、「団魂の世代」と言われていて、昭和22、23、24年というと、一番子供が多い時でした。

　そこで私は小学校の子供たちに話をするのに、伊豆はだんだん人が少なくなっているようなので、「今静岡県の人口は何万人なのか？」と調べましたら、370万人くらいでした。

　静岡県は、気候も良く、富士山もあり、伊豆半島もある、食べ物も美味しいのではないかと思い、子供たちに「人口は増えているの？　減っているの？」と質問をいたしました。

するとどうも、静岡県は人口が減っているそうです。沼津市あたりは、全国で2番目に減っているのです。

私的には、北海道、青森県、沖縄県なども良いところだと思うのですが、やはり自分たちの故郷が好きで、人口が増えているのかと思ったら、なんと減少率が日本で第2位でびっくりしてこのような話をしています。

最終的には、子供たちに大きくなったら子供をたくさん作って、伊豆半島を繁栄させて欲しい、というような話をしたかったわけですがどうも私の住んでいる伊東市は40年前から道路もそんなに変化がなく、もっともっと道路を何とかしなければいけないと毎日考えております。

20年ぐらい前、地元の小学校で話した内容です。

最近沖縄の宮古島に行った時に、伊良部大橋というのでしょうか、ものすごい長い橋があり、何百億円もかかった橋のようですが、通行は無料でした。それも、島には何万人も住んでなくて、何千人の世界だと思います。宮古島は重要なところで戦略的な意味があるというか、沖縄のことも考えると、色々なこともあるのではないかと考えております。

また、先日職員旅行で北陸、金沢に宿泊した時に、輪島まで高速に乗って行く機会がありました。ものすごく大きな道路で、たしか4車線だったと思いますが、良い道路でおまけに通行料は無料でした。「あぁ、伊豆はどうなってしまうのだろう。40年前から全然変わっていないのではないか」

地元の道路、国道135号線は変わっていないし、4車線化するのは理想ですけれども、なんとかして良い方法はないかと考

えております。まず、4車線化は目標としておきますけど今日、明後日、にできるようなものでもありません。

　ということは、まず、現在ある道路をうまく利用しなければいけないと考えております。1週間ほど前、伊豆縦貫道の料金所に行ってみると、"静岡県道路公社"と書いてあり、「あっ！

　この道に払った200円は静岡県のものになるのか、それだったら200円なんか取らないで、とにかくみんな伊豆半島に来て欲しい！」と考えております。

　それともう1つ、伊豆には伊豆スカイラインがあります。スカイラインも私がよく通る道ですが、急坂でちょっと危ないようなところもあります。大釈迦峠の韮山近くの所で急に狭くなり曲がる道もあります。

　それと、暴走族（と言うとおかしいですが）が多くて、取り締まるということになると若者に失礼かもしれませんが、うまく見張ってもらい、道路を一回通ったら終わり、というような工夫をして頂きたい。亀石峠のサービスエリアも土日には暴走族が往復したりしていて、道がいっぱいになっています。ここももう少し整理して観光的にもっとうまく使っていただきたい。とにかく、道路を中心にして伊豆半島を活性化させて欲しいと思います。

　また、"この道を通ると小田原まで何分、伊豆スカイラインを通ると何分"というような道路標識も作っていただきたいと思います。

　まず、それが出来たら道も欲しいのですが、さしあたり道が出来ない時は、今あるもので何とかしていただきたい。工夫し

て頂きたいです。

　私がそんな大それたことを言ってもしょうがないのですが、私は右折する車があればそこで停止して右折車を優先して流れを良くしてあげたい。

「I love 伊豆」

　というようなワッペンでも作ってあげたいです。私はどうしたら伊豆半島が活性化できるか考えております。

　もっと深く話をすると、伊豆半島には学校もないので、大学や各種学校でもよいので学校を作って若者に来ていただきたい。あるいは、産業、工業、など働くところがないので、そういう面でももっと頑張って欲しいです。

　このままいくと「閉塞性動脈硬化症」で血流が届かなくなってしまいます。

　伊豆半島は、このままではなくなってしまいますので県知事様、どうかよろしくお願いいたします。国道となると県の力では、県も今の与党ではないので、そういうところで上手くいかないこともあるかもしれませんが、上手くいくようによろしく、よろしくお願いいたします。涙を流してお願いいたします。

まず政治家を調べよ！

　財務省の事務次官が、今、経済がこのままばらまきの政治で行くと日本経済はいずれ破産しますよ、と言うのはごもっともな話です。

　私は貧乏でしたからお金のことはよくわかりません。ただし今、国会議員の選挙を10月にやりますが、誰に投票したらい

いのかまったくわかりません。

　国会議員はボーナスもちゃんと払われて、毎月100万円の通信費がもらえるなんてこと、全くもうおバカです。国会議員には2世、3世が多すぎて、こんな世の中はやめた方がいいと思います。全部お金の力です。宗教の力もあるのかな……上が推薦する人を必ず投票するから……。

　もっと議員を減らして経費を減らし、頭のいい人が20人30人くらいいればいいと思います。費用対効果の問題です。

　当院にも昨年突然国税局が来ました。名古屋国税局から1人、熱海の税務署から2人、調べられても何もありませんでした。どうして税務署は国会議員などを調査しないのか不思議です。まず政治家を調べるべきです。またある方に聞いたところ、国税局が入り何もなかったことも珍しいそうです。

　総理大臣の子供が秘書官を務めるなど相当おバカの世界です。

　私は子供が医者でも2代目にしません。

　なんでも自分で頑張るだけです。

新型コロナワクチンの話

　コロナ騒ぎの中で「早くワクチンを打ったほうがいいよ」とずっと発信しております。

　伊豆新聞にも意見広告を出しています。

　ワクチンはどうして少数しか入ってこないのか、国から市町村に来てどういう具合になっているのか、まったく分かりません。

　多分大きな会社、電通などに巨額なお金が入っているはずです。インフルエンザワクチンと同じような流通経路にした方がいいです。

　それにワクチン大臣が今度は、総理大臣に立候補したり、もうビックリします。

　こんなバカな制度でどうするか、私はワクチンを早くみんなに打ってあげたいです。昔も今も予約制なんていうことがありますが、それは駄目です。来た人に全部打ってあげなさい。

　ワクチン接種で、接種会場で一人一人に番号を付けるということがだいたい恥ずかしく失礼だと思います。

　名前を呼んで「はい打ちます」と言って打って行った方が良いと思います。またその後65歳以上の人とか75歳以上の人85歳以上の人の申し込み日と接種する日が違うなんてことが、これもまたおかしい。**人間は皆一緒！**

　ワクチン接種は全世界ではもう行われて、半分以上の国民が接種していてマスクを外し始めた国もあります。日本は進んでいるはずなんですが、いつになってもコロナワクチン接種が行われませんでした。

　またワクチン接種が始まったと思えば、電話で予約、インターネットで予約とか、電話を100回かけてやっと繋がり予約が取れたなど、余りにもオーバーな表現なのか、高齢者の方がスムーズに行くわけがありません。

集団接種会場では、予約日に間違えて来た人が、「また明日来てください」と帰されたりして、お年寄りの方が何度も行くのは大変です。市の職員か誰がやっているのか分かりませんが背広姿のまったく融通がきかず、"杓子定規と四角四面"のお化けが支配する空間だと、週刊新潮で、「櫻井よしこさん」が表現していましたが、まさにその通りだと思います。ちょっと日本はおかしいのではないでしょうか。とにかくどんどん接種すればいいのです。

　私が浜松聖隷病院の時の上司の小林先生とこの件でお話した時に、「大ちゃんあれは、1バイアルで6人分取れと国が言うけれど実は7人分取れるよ！」と教えて頂きました。いつも瓶の下にちょっと余っているんです。
　容器も、接種会場も、駐車場もすべて制度の問題だと思います。

　コロナの注射は小林先生の言うように6人より7人ぐらいは打てます。私は残っているのをちょっとためしに自分で注射器を持って来て吸ったら0.3mg位が原則なのですが、0.35mg取れました。
　それともう一つ、コロナの注射で予約された最後の患者さんが来なくて、ずっと待っていたら、自宅で車が動かなくなったのでワクチンを打ちに行けない、と電話がありました。
　それなら打ちに行ったほうが早いと思って、コロナワクチン注射の往診に行きました。もう十分だと思います。

〈2021 年 6 月 4 日伊豆新聞に寄稿した内容〉

ワクチンの接種方法を簡単に！

新型コロナウイルスによって今までにない境遇に世界が見舞われており、このままでは経済が破綻してしまう。私たちにとって唯一の希望の光であるワクチンが製造され、ワクチン累計接種回数が 16 億 5 千万回を超えた。接種完了予約人数が 7 割を超えると「集団免疫」を獲得するとされているが、2 回以上の接種が必要とされている。日本の接種完了人数は 100 人当たり 2.1 人。海外ではすでに 2 人に 1 人以上が接種を終えた国もあるというのに、日本は GDP（国内総生産）第 3 位の大国であるにもかかわらず、いまだに 2% にとどまっている。

私も医療従事者の先行接種でワクチンを打ったが、医療者、高齢者が優先接種というのもピンとこない。重症化リスクは低いが経済を回す重要層である若者にも早急に接種すべきである。とにかく「早急に誰もが接種できる」ということが重要なのである。

市内では 5 月 10 日から高齢者の集団接種の予約が開始された。予約はインターネットや電話を使用するのだが、高齢者の方がインターネットでスムーズに予約が取れるとは思えない。

当院でも予約開始から電話が鳴りやまず、予約を取るまでに 100 回以上電話をかけてようやく 1 本のワクチンを確保できた方もいる。接種をするにしても高齢者の方は遠い会場に行くだけでひと苦労だろう。海外では、競馬場、大聖堂、駅などに予約なしで接種できる会場が設けられている。ドライブスルー方

式の会場もあり、ありとあらゆる施設が接種会場として活用されている。スーツにネクタイを締めて固い頭で難しいシステムを考えるより「一刻も早いワクチン接種を促す工夫をする」という海外の精神を見習うべきだと、私は思う。

　1日も早い集団免疫を獲得するために、臨機応変に対応することも必要なのだ。ウイルスも自分の子孫を残す為に必死なのだから私たちも迅速にワクチンを接種して、これからの日本と子供たちの笑顔を守って行かなければならない。

　副作用が心配な方も多いと思うが、薬に副作用は付きもの。

　作用があるからこその副作用なのです。まったく副作用のない薬なんてない。現状を回復するにはワクチンを打つしかない。

　数年前のインフルエンザワクチン接種の時には、土曜日に専門の外来を設け予約なしで何百人にもワクチンを打ったことがある。その時と同じように来院した皆様全員に一刻も早く新型コロナワクチンを打ってあげたい！

　そして1日も早く平穏な日々を取り戻し、伊豆半島に観光客の笑顔が戻ってくるように願いたい。

　　　　　　　　はぁとふる内科・泌尿器科　肥田大二郎

介護保険制度（なんでも自分の責任）

　90歳の男性の方から今日、なんかフラフラしてめまいがする、手が震える、食事が摂れないというような訴えがあり奥様と車いすに乗って包括センターの人とケアマネの方と4人で来院さ

れました。奥様が、耳が遠いようで、私は「人間は、だんだん年取って来るんですよ」と言いました。でもその前日に娘さんから、045という市外局番でしたから横浜からでしょうか、「明日、私の親がそちらの診療所に行きますからよろしく、また病状を教えてください」とお電話がありました。

「超おかしな話です」

　私も自分の母を亡くす時に川奈の診療所の医局にベッドを持ち込み親父と二人でオムツを替えたり、体を拭いたりしていました。看護師さんたちにも手伝っていただきました。今は何でも"制度が悪い国が悪い"なんて言ってケアマネとか訪問看護師さんに泣きつくというか、そういう人が多くて困ります。

"家族が家族の面倒を見るというのが原則です"。自分を産んでくれた人の面倒は自分たちですることが原則です！

　またこんな話もありました。

　古くから来院されている患者さんが入院することになり、月末に入院費が発生すると「先生は何でも見てくれると言ったじゃないですか！」と文句を言われてしまいました。

　その後、熱海の病院に移っていったようです。

　最近は少し変わって来たのでしょうか、親も子もない、何でも自分の責任です。今から25年以上前に静岡県医師会で介護保険をどうするかという会議に出席した時に、国の方から現在の国民健康保険みたいな3割負担、2割負担、1割負担にす

る、というような内容で関西の方から来た偉そうな教授から御講話ありましたが終了時、私だけ一人、「ハイ！」と手を上げて「現在の国民健康保険と同じような制度では、お金を払わなくても受けるような方がいるから困るのではないですか！」と話しました。その当時 30% くらいの人は支払っていないと言っていました。

　それから県医師会の理事会には行かないようにしました。

　やはり家族の問題っていうのは、生きている内に「死ぬ時はどうすればいいか」、考えておくことが一番です。私は死ぬ時には、自分が作った父を看取った診療所の個室で死のうと思っています。その時に面倒を見てくれた看護師さんに 1 日に少しばかりのチップを払おうかと思っています。

　そして私の葬式に万が一来てくれた人たちに自分で録画したものを作ってあり、挨拶も考えております。5 〜 6 年前に作りました。「すみません今日は、私の葬儀にお集まりいただきまして、ありがとうございます。私はなるべく患者さんや親族の葬式に参加しないようにしておりました。急に息子がよく知らない方々に御挨拶するのは大変ですからまあ……」10 分〜 20 分くらいビデオテープに録画してあります。

葬式のご挨拶（6 年前に作ったビデオテープから）

　皆さん今日はご苦労様です。

　私の葬儀にお集まりをいただきましてありがとうございます。

　私は、生前人の葬式に行くのが苦手でした。

　坊さんの説法も難しくて、何を言っているのかよく分かりま

せん。

　亡くなってから行ってもしょうがないというような変わった
男です。

　親父のことも毎日、毎日、お父ちゃんこんなことしてくれた
なあ、というようなことは思ってはいましたが自分の親父のお
墓参りには１年に１回行くか行かないぐらいのいい加減な男で
ございます。

　自分で毎年一度正月に録画して、何回も続けていけば、だん
だん上手になって葬儀の時にはきちんと皆さんにご挨拶できる
ようになるのではないかと思っております。

　今日は、録画ができるようになり全く急なぶっつけでご挨拶
の練習をしております。

　親父は92歳で亡くなりました。

　私は66歳で男の人が80歳まで生きるとしても80分の66で
すから、今ポックリ逝っても私的には満足をしております。

　ですから急にこういうような、常軌を逸するような行動に出
たということは皆さん不思議に思わないでください。

　私は表現力が豊かすぎるような男だと思っていますから、自
分の葬儀に来ていただいた人には自分から挨拶をしなければい
けないと思い込んでいるところがありまして息子とか娘に代わ
ってご挨拶の機会をあたえてもらったのでございます。

　ある方の葬儀に行った時に、ご長男が出て来て、ほんの10
秒ぐらいで挨拶を終えたのを見て、私的にはもっともっとお父
さんの思い出とか色々話さなければいけない時にもかかわらず、

いとも簡単に終わってしまったなあと思って残念でございました。そういうこともありまして私的には親父に言わせると「お前、能力のわりに大きくなったなあ」とのことでした。

　親父が亡くなる2年位前の話でした。

　私は人間は皆、能力も頭の中も考え方も一緒だと思っております。

　呑み屋の息子に生まれてコンプレックスもありましたけど。

　今日はみなさんありがとうございました。

　こんな私の葬式のためにお集まりいただき、ありがとうございました。

完

若者よ！　意見広告

若者よ！
君は気づいていない！
自らの大きな力を！
資格をとって
世界に翔こう !!

医療法人弘潤会
はぁとふる内科・泌尿器科

若者よ！
君の大きな未来が
羨ましい！
資格をとって
世界に翔こう !!

医療法人弘潤会
はぁとふる内科・泌尿器科

若者よ！
頼む！
お願いだから！
資格をとって
世界に翔こう !!

医療法人弘潤会
はぁとふる内科・泌尿器科

若者よ！
Dreams come true !
資格をとって
世界に翔こう !!

医療法人弘潤会
はぁとふる内科・泌尿器科

若者よ！
努力をすることが
君のプライドだ！
資格をとって
世界に翔こう !!

医療法人弘潤会
はぁとふる内科・泌尿器科

若者よ！
君の愛する人のため
資格をとって
世界に翔こう !!

医療法人弘潤会
はぁとふる内科・泌尿器科

若者よ！
学校へ行こう！
いまからでも…
資格をとって
世界に翔こう‼
医療法人弘潤会
はぁとふる内科・泌尿器科

若者よ！
あなたがたの会った試練で
世の常でないものはない！
資格をとって
世界に翔こう‼
医療法人弘潤会
はぁとふる内科・泌尿器科

若者よ！
夢を！夢を！夢を！
資格をとって
世界に翔こう‼
医療法人弘潤会
はぁとふる内科・泌尿器科

若者よ！
いつやるの？
今でしょ！
資格をとって
世界に翔こう‼
医療法人弘潤会
はぁとふる内科・泌尿器科

若者よ！
1回しかない人生だから
ここで負けてたまるかよ！
資格をとって
世界に翔こう‼
医療法人弘潤会
はぁとふる内科・泌尿器科

若者よ！
数学に
負けてたまるか！
資格をとって
世界に翔こう‼
医療法人弘潤会
はぁとふる内科・泌尿器科

若者よ！
君には
権利と義務がある
資格をとって
世界に翔こう‼

医療法人弘潤会
はぁとふる内科・泌尿器科

若者よ！
君もめざせ
ノーベル賞！
資格をとって
世界に翔こう‼

医療法人弘潤会
はぁとふる内科・泌尿器科

若者よ！
絶滅種と
なることなかれ！
資格をとって
世界に翔こう‼

医療法人弘潤会
はぁとふる内科・泌尿器科

若者よ！
君は何をもって
社会に貢献するのか！
資格をとって
世界に翔こう‼

医療法人弘潤会
はぁとふる内科・泌尿器科

若者よ！

Game is over

資格をとって
世界に翔こう‼

医療法人弘潤会
はぁとふる内科・泌尿器科

〈著者紹介〉

肥田　大二郎（ひだ　だいじろう）医師

1949（昭和24年）年、伊東市湯川に生まれる。
県立沼津東高等学校卒業、3年間の浪人生活の後に
国立弘前大学医学部に入学。医学部卒業後、
弘前大学病院泌尿器科、聖隷浜松病院内科を経て、
1988（昭和63）年に伊東市川奈に「ひだ内科・泌尿器科」を開院。
2005（平成17）年に伊豆高原にふたつ目の診療所を開院し、
同時に「はぁとふる内科・泌尿器科」に改称、現在に至る。
現在、理事長として後進の指導に当たると共に、
あらゆる機会をとらえ、若い人への啓蒙のために
新聞で呼びかけたり、奨学金制度を設けて勉学を
支援している。

著書『遅れてくる青年に捧げる』（平成24年）
　　　『ドクトル大二郎三浪記』（鳥影社、平成30年）
　　　『ドクトル大二郎　感謝を込めてありがとう』（鳥影社、令和3年）

ドクトル大二郎
徒然なるままに

定価（本体1400円＋税）

2023年9月30日初版第1刷発行
著　者　肥田 大二郎
発行者　百瀬 精一
発行所　鳥影社（www.choeisha.com）
〒160-0023 東京都新宿区西新宿3-5-12トーカン新宿7F
電話 03-5948-6470, FAX 0120-586-771
〒392-0012 長野県諏訪市四賀229-1(本社・編集室)
電話 0266-53-2903, FAX 0266-58-6771
印刷・製本　モリモト印刷
© HIDA Daijirou 2023 printed in Japan
ISBN978-4-86782-044-5 C0095

乱丁・落丁はお取り替えします。

ドクトル大二郎三浪記

劣等感こそ　バネ力！

若者よ　劣等感をもて

汗と涙の青春

紆余曲折、試行錯誤、四面楚歌、七転八倒などという悲惨な四文字熟語が次々と浮かんできそうな大二郎の青春。彼と一緒に悩み、共にもがくことによって、なにか得体の知れない大きな力をもらっているころには、本書を読み終わるころには、うか。（本書「解説」より）

一二〇〇円＋税

ドクトル大二郎 感謝を込めてありがとう

本書を医師、患者さん、ポンピエ（救急救命士さん）、スタッフに捧げます。（肥田大二郎）

何だか七十の齢を過ぎると回顧ぽくなるのか、やたらと昔のことがしのばれるのです。何と良き人たちに恵まれていたのか……まあ、実際は難しい局面もあったのですが、でも今考えるとみんなが私を育ててくれたような気がしてなりません。ただ感謝の気持ちでいっぱいです。
（本書「おわりに（─感謝の言葉─）」より）

一〇〇〇円＋税

鳥影社